Biblioteca Umoristica Mondadori

Luciana Littizzetto

I DOLORI DEL GIOVANE WALTER

MONDADORI

Dello stesso autore
nella collezione Biblioteca Umoristica Mondadori

Sola come un gambo di sedano
La principessa sul pisello
Col cavolo
Rivergination
La Jolanda furiosa

nella collezione Oscar

Sola come un gambo di sedano
La principessa sul pisello
Col cavolo
Rivergination

www.librimondadori.it

I dolori del giovane walter
di Luciana Littizzetto
Collezione Biblioteca Umoristica Mondadori

ISBN 978-88-04-59814-5

I edizione novembre 2010

Indice

I dolori del giovane walter

A mio padre e a mia madre

Fai quel che puoi, con quel che hai,
dove ti trovi.

THEODORE ROOSEVELT

Il walter impomatato

Lo so che vi piacciono quelle notizie che riguardano un po' il mondo della scienza e un po' il mondo del sesso. Quelle notizie che non si sentono in televisione perché Luciano Onder non ha cuore di divulgarle. Così devo farlo io. Dopo il Viagra e il Cialis, la pillolina da ventiquattr'ore che ti rende il bandolero mai stanco, ebbene amici, un'altra novità. L'ha inventata una dottoressa americana. Tale Ira. Ira Sharlip. Che nome, Ira. Voi andreste da una dottoressa che si chiama Ira? Quella capace che vi fa l'esame prostatico con un sassofono. Comunque, Ira ha annunciato che la sua squadra di ricercatori ha trovato un rimedio alternativo. Una pomata che non dà effetti collaterali come fanno invece le pillole. È una pomata che ora è ancora in via di sperimentazione ma presto sarà sul mercato, che la spalmi sul walter e lui si risveglia come la Bella Addormentata. Tra l'altro di colpo. Per cui devi fare anche attenzione, se rivive così di scatto, che non ti parta un falabrac che ti sfonda la retina. Questa crema pare che sia una bacchetta magica. Da spinacio a zucchina in un nanosecondo. Come nei filmati del National Geographic quando fan vedere il deserto dopo che ha piovuto. Che esce il germoglio... fiut. Questa pomata è a base di ossido di azoto e per ora l'hanno sperimentata solo sui topi, per altro con esiti miracolosi. Cosa gli saran venute? Delle puntine da disegno? Dei pinoli? Delle lancette di orologio? Chissà. Quindi attenti. Se vedete un topo che resta sollevato da terra non è un pipistrello che vola basso, è stata Ira. Sarà per quello che la pomata è a uso topico? Tra l'altro, mi chiedevo, come avranno fatto ad applicare la pomata esattamente lì, sul walterino topesco? Basta un minimo errore e il topo si gonfia tutto, diventa grosso come un tapiro.

Però guardate. Noi pensiamo alla ricerca e immaginiamo tutti in camice, uno che guarda nel microscopio, l'altro che gira con la provetta che fuma e due che scrivono formule al computer, invece c'è stato qualcuno che per mesi ha smanettato il walterino ai ratti. Pensate. Magari è gente che tra dieci anni prenderà il Nobel. E alla quale qualcuno stringerà la mano con cui spalmava i sorci.

Ma tornando all'invenzione... Posologia: si tratta di sfregare il walter con la pomata. Fine del lavoro. Una pratica che in un certo senso, pomata o non pomata, è stata un po' sempre alla base di tutta quanta la faccenda, giusto? Non è che generalmente il walter lo sbatti, lo strizzi, lo pieghi a fisarmonica, lo tiri come si fa per vedere se è smagliato il collant. No. Lo sfreghi. Come la lampada di Aladino. Solo che non esce il genio. Rimane tuo marito.

Forse, secondo me, spiace dirlo all'urologa, ma il walter si attiva anche sfregandolo con altro, con la maionese, la besciamella o col Sidol per lucidare l'argento. Che poi sembra di fare l'amore con uno dei Rockets. Conta il gesto, più che la sostanza spalmata. L'importante è che qualche crema o pomata deve esserci, credo, perché sfregandolo a secco il walter alla lunga si magnetizza, come la Bic che se la passate velocemente sul maglione tira su i pezzettini di carta. Oppure fa le scintille elettrostatiche come i pigiami acrilici. Rischiate che vi parta una scarica elettrica come al mago Albus Silente che vi incenerisce la suocera in cucina.

La gnocca sul cofano

Due paroline in difesa delle donne. Noi donne che siamo la spuma dello champagne mentre voi maschi non siete altro che il fondo sabbioso del Barbera.

Io vorrei che qualcuno mi spiegasse perché nei saloni dell'automobile, nei motorshow, c'è sempre questa bella tradizione, questa bella usanza, di mettere delle gnocche sdraiate sui cofani delle macchine. C'è una spiegazione logica? A cosa servono? Passavano tutte di lì per caso e per un malore si sono appoggiate un attimo con le tette sui fanali? Ogni stand c'ha minimo due o tre topastre con la mini giropassera e scollature che se guardi dentro vedi perfino di che colore hanno le mutande. Due o tre bagiane sedute sui sedili in bilico su una chiappa con le gambette inclinate e ogni tanto frrrt, apertura breve con scorcio di slip.

Allora, io capisco che gli uomini sono cretini, per carità, che come vedono una coscia il cervello gli fa un passo indietro nell'evoluzione. Se poi la coscia ha l'autoreggente tornano anfibi, l'occhio pare senza palpebra, come quello di Amadeus. Non sbatte più. Resta fisso e ruota come quello dell'iguana. Vorrete mica dirmi che un'auto la comprano di più se di fianco c'è una bonazza che si sfrega i polpacci sui cerchioni? Siete così incommensurabilmente pirla, maschioni miei? Che appena vedete una jolanda vi si accende un neon nel cervello che lampeggia, GNOC-CA GNOC-CA GNOC-CA, come le luci d'emergenza? Capisco ancora se fosse allegata, se te la dessero con gli optional. Tu prendi la vernice metallizzata, il tettuccio apribile e la gnocca bionda con due gambe a trazione anteriore, air bag posteriore e anteriore già esploso, facile inserimento della leva del cambio. Ma quelle, lì stanno. Non è che vengono via nel pacchetto.

A noi non succede. Se vado a comprarmi una lavatrice ci mettono mica un nigeriano in déshabillé col derrière dentro la centrifuga.

Che poi in quei saloni lì non c'è neanche un po' di originalità. Sempre stangone di due metri. Vendi la Smart? Metti una fighina, almeno una sarda di un metro e quaranta. Sei un commerciante di usato sicuro? Dammi una bella nave scuola sui sessanta ben portati pitonata, cestinasi perditempo!

Io ora mi chiedo: passi per i maschi che sono pirla, ma voi ragazze dei motorshow perché dovete passare il tempo a sorridere a dei pirla che godono davanti a dei cerchioni in lega? Solo perché vi pagano? Allora solo perché vi pagano potete fare tutto?

Allora andate a leccare le vetrine quando inaugurano i negozi! E se uno poi vi chiede che lavoro fate, voi cosa dite? "Mi siedo sui cofani", "Tengo le poppe appoggiate sui vetri delle macchine, ma sto studiando per diventare culospecchista, quella che col sedere piega gli specchietti laterali"? Io ve lo dico. Ragazze. Se proprio volete sfregarvi contro qualcosa, se sentite che avete quel talento lì, piuttosto che ai saloni delle auto andate a Montecitorio. Secondo me se vi strusciate contro un onorevole e non contro una portiera avete un futuro decisamente più assicurato, e alla fine della giornata non prendete neanche l'odore di plastica che hanno le macchine nuove.

L'elastico molle del pigiama

A Shanghai è stato vietato l'uso del pigiama. Ma non in casa, per strada. Sì, perché in Cina va di moda uscire di casa in pigiama, non solo per andare a fare la spesa, tant'è che fino all'ora di pranzo la città sembra un ricovero per lungodegenti. Da quando è partito l'Expo l'amministrazione ha detto stop. Non so voi, ma io non noto una grande differenza quando un cinese è vestito col pigiama oppure è vestito da cinese. A me sembrano in pigiama da almeno due o tremila anni.

No, quello che voglio dire è che da noi, in Italia, il pigiama dovrebbero proibirlo in casa, perché con le prime avvisaglie d'autunno si vedono mise che apriti cosmo. Intanto tocca dire che voi uomini il pigiama lo cambiate con la frequenza con la quale si cambia il materasso e invece di piegarlo lo appallottolate sotto il cuscino come un nido di cimici. Di giorno fate i fighi, cravatta con nodo a papaia, scarpe di legno, dopobarba a secchiate, poi, appena arrivate a casa, sbarabaquak. Finisce l'incantesimo. Da quegli aitanti pingoni che fingete di essere per intortare le colleghe, tornate a essere ciò che siete veramente: quattro organi interni coperti di pelle flaccida. Il tutto riposto in un tutone da Superpippo con due bottoni davanti e dentro il teatro dell'assurdo.

Vediamo i modi in cui il maschio va a letto in questa stagione. Partiamo dall'Arsenio Lupin, quello che si mette il pigiama classico, da carcerato, a righe verticali, con l'elastico sempre un po' moscio, che, se va a stendere sul balcone, appena alza le braccia, cala la braga e fa capolino il picchio dal buco, il naso smangiato delle statue di gesso, la coscia di quaglia di Amadori. Così il condominio conosce subito la miseria con cui hai a che fare. Poi si mette a letto tipo uomo di Leonardo, a braccia e gambe larghe come uno scoiattolo volante, russa come un drago, dorme a bocca aperta e fa le bolle di saliva come il Sole Piatti.

Poi ci sono i maschi rat musqué, quelli che soffrono da anni di lombosciatalgia ma si ostinano a dormire lo stesso in boxer e maglietta, e poi al mattino si svegliano piegati come compassi. Con quelle magliette orrende con Bugs Bunny o Gatto Felix e sotto niente, che sembra che Felix e Bunny abbiano le gambe lunghe e pelose, e la coda sul davanti. Che tu pensi: piuttosto che fare sesso con questo zombi preferisco spalmarmi di glutammato e fare il bagno coi piraña; o attraversare l'Alaska su una slitta trainata da criceti.

Può andare peggio. Ti può essere toccata la disgrazia sovrana. Puoi essere tu la predestinata dal maligno, e avere un marito che si mette il pigiama da paggio di Re Artù. Il pigiamotto attillato in puro leacril color guano, a rombi beige, con polsini e cavigliere in maglina compatta ton sur ton marron. Praticamente una pepiera da pizzeria. Il crollo della libido. Prerogativa del pigiama di leacril è il fatto di segnare molto bene il pettorale concavo e la miseria del "disturbo", che sta lì come il sacchetto della tombola, una manciatina di ceci. Un sacchetto con dentro una seppia. La consistenza del gelato sciolto. Che sabba dell'amore ti ispira uno conciato così? Gli indiani avrebbero scritto un Kamasutra di mezza riga.

L'uccello di fuoco

Da un po' di tempo a questa parte va di moda in tivù far rischiare la pelle alle persone. Non c'è trasmissione che per fare audience non ricorra a qualche cosa di altamente pericoloso, che metta a repentaglio la salute dei partecipanti. O li buttano da un elicottero come all'*Isola dei famosi*, in mezzo metro d'acqua che poi si smontano come i Lego, oppure, ogni due per tre, mettono uno dentro una teca di serpenti, gli fanno mangiare gli scarafaggi, gli mettono due petardi nelle narici, lo appendono per i piedi e vedono quanto resiste, lo fanno sfrittellare contro un muro vestito da ape Maia. Ma siamo impazziti? Prima o poi qualcuno si fa male davvero, capace che si fa seppellire nella polenta per fare il record e poi non riemerge più e tocca servirlo in tavola come fosse un capriolo... Il bello è che la gente accetta. Perché la gente è cretina. Se non si può dire che la gente è cretina diciamo che una caterva di cretini, con nome e cognome, si fa chiamare "gente" per rimanere anonima. Perché se tu dici a uno: "Ti do cento euro e ti butti in un fiume con le scarpe di cemento", lui lo fa. Sembra che il mondo sia pieno di persone che come massima aspirazione desiderano riuscire a entrare in una valigetta ventiquattrore, o allargarsi i buchi del naso fino a farci stare un CD, spertusarsi di piercing, farsi plissettare la lingua, rotolarsi nel guano a bocca aperta, masticare lombrichi. Tutto pur di andare in televisione a far vedere quanto si può essere pirla.

Pensate a cosa è successo al povero Massimo Scattarella, quello del *Grande Fratello*, pugliese, che sembra un po' Big Jim, con le spalle grosse e il testolino piccolo. Una testuggine, un duro, ma con gli occhi buoni. Furbi non so, ma buoni sì. Quello che hanno cacciato dal reality perché aveva bestemmiato. Qualche tempo fa è andato dalla Panicucci, a *Mattino Cinque*, a fare una gara di braccio di ferro con un campione. I due si mettono lì, al tavolo, ci sono tanto di portagomiti e maniglione, tre, due, uno... via, partono. Passa un istante e si sente crac... Quello gli ha spezzato il braccio in due. Un rumore orribile, tipo la banchisa polare che si spacca. Io mi sono portata le mani agli occhi e a momenti mi acceco con gli asparagi che avevo in mano.

E Massimo cosa ha fatto? Non ha detto be. Primo caso in Italia di uno che ha imparato la lezione. Pur nel dolore cagnaccio, col braccio piegato in due come una cravatta nel cassetto, deve aver pensato: "Qui se mi parte anche solo un vaffan..., anche solo un puten la misoire o un zia maiala, mi chiudono fuori da tutte le tivù", per cui... zitto. Si è immolato per l'audience! Gli avevano appena spaccato l'osso come fanno i macellai per il bollito e lui muto come il servo di Zorro. Ha fatto solo: "Mf" come se avesse assaggiato una caramella alla merda. Un soffio, un flauto, un peto vocale. Con la Panicucci verde come un collutorio che urlava: "Pubblicità, pubblicità, portategli un bicchier d'acqua". Sì. Perché c'è anche 'sta moda qua. Del bicchier d'acqua. Prima prendi uno, gli leghi le balle al guinzaglio di un dobermann che ha voglia di correre, e poi quando vedi che sta per crepare dici: "Portategli un bicchier d'acqua". Che la gente in quelle condizioni lì, tutto ha voglia di fare fuorché bere. Quello s'è rotto un braccio, non ha mica sete. Ma si può? Dico, la vita è già una valle di lacrime e noi andiamo in televisione per aggiungere alle lacrime un po' di merda?

Per non parlare dello *Show dei Record*, che è una trasmissione dove si premiano i dementi, cioè gente che passa la vita a esercitarsi a fare una minchiata, una cagata colossale. Che indefessa passa gli anni a imparare a fare cose inutili tipo correre con un piede solo sul tapis roulant, farsi operare, da donna, per diventare uomo e fare tre figli, riempirsi la bocca di scolopendre o frenare la bici poggiandoci sopra la spaccatura delle chiappe. Io divento matta. Quando ho acceso la televisione, qualche tempo fa, per prima cosa ho visto premiare uno come l'uomo anziano più tatuato del mondo. Il signor Piovano – di Torino, tra l'altro –, settantatré anni, era tatuato dalla testa ai piedi. Quello che fa ridere è che se lo vedi così sembra la persona più trasgressiva del mondo, poi però apre la bocca: "Io facevo l'operaio alla FIAT, poi a un certo punto mi sono detto: 'Voglio essere trasgressivo e ho cominciato a tatuarmi'". E tutti: "Bravo!". "E adesso l'ultimo passo sarà tatuarmi gli organi genitali." E la Perego: "Bene, e che cosa si tatua?". E lui: "Due fiamme sul pene...". Ah, tu pensa, con una scritta in piemontese... E cosa ci scrive? L'USEL AD FEU, l'uccello di fuoco. Chissà se poi si farà scrivere sulle balle DI STRAVINSKIJ? A settantatré anni, cosa vuoi avere l'uccello di fuoco? Al limite ce l'hai brasato, cotto come un kebab.

Peggio di lui c'è solo Radakant, un indiano che è entrato nel Guinness dei primati perché ha i peli delle orecchie più lunghi del mondo. Gli scendono dai padiglioni delle orecchie dei peli lunghi la bellezza di venticinque centimetri, tipo chioma della Panicucci prima maniera. Lui ha dichiarato: "Sono molto felice di essere entrato nel Guinness. Dio è stato molto generoso con me". Da mat, da matti. Generosissimo è stato. Lui è così: uno lo fa nascere miliardario, uno col cervello da Nobel e a te ha rifilato i peli più lunghi del mondo. Beato te. Pare che si lamenti solo perché le autorità locali indiane non gli danno il giusto riconoscimento. Che vuole? La pensione per il pelo più lungo? Si dia pace. E nel frattempo magari si alleni per un altro record. Mangiando tante lenticchie e puntando alla puzzetta più lunga del mondo.

Comunque, tornando allo *Show dei Record*, il massimo dei massimi è stato quello che doveva trascinare un pullman di undici tonnellate con le orecchie. E non era Dumbo. Avete presente uno di quei pullman doppi inglesi? Suspense. Questo comincia a pinzarsi le orecchie con due morse giganti, due mordacchie strettissime legate a due cavi d'acciaio fissati al cofano dell'autobus... Tre, due, uno, parte e tiiiiiiira... Dopo cinque secondi va giù come un pinolo e la Perego: "Un bicchier d'acqua!". Poi gli domanda: "Come vanno le orecchie?". E lui: "Non le sento più...". E vorrei vedere, le hai usate come maniglie per trascinare un camion, le hai adoperate come portacamion, potevano restarti attaccate al pullman. E lei: "In effetti sono fucsia...". Vi pare? A uno così devi andargli vicino e gridargli nelle orecchie: "MA SEI SCEMO???". Devi chiedergli: "Come cacchio ti è venuto in mente, come minchissima ti è saltata al cranio una fesseria del genere?".

Come fai a premiare delle persone che passano la vita a esercitarsi a fare boiate? Tu non puoi impedirgli di farle, ci mancherebbe, uno è libero di trascinare con le orecchie quel cacchio che gli pare, ma tu almeno non premiarlo.

La sottile linea gialla

Test antidroga per i parlamentari. Prima prova, test salivare. Si preleva un po' di bava di deputato, un po' di catarro bicamerale e si analizza. Il primo a sottoporsi all'analisi è stato Casini che ha detto: "Ho fatto colazione, è un problema?". Dipende da cosa mangi a colazione Pierferdy... Se al posto delle mignottelle del Mulino Verde ti cali due francobolli di ecstasy potrebbe essere un problema. Se fai colazione col peyote, il caffè te lo fai col pakistano e tiri su la coca dalla tovaglia al posto delle briciole allora può esserlo. Casca sempre dal pero Casini. E senza mai farsi una pera, per altro.

Secondo test, quello delle urine. La piscia santa di onorevole, la sottile linea gialla. E qui la storia si fa pesa, perché il test si deve eseguire in presenza di testimoni, cioè davanti a uno che ti guarda mentre fai pipì. Una volta i testimoni ci volevano per sposarsi, adesso per urinare. Pensa come siamo messi bene. No, perché tu potresti portare la piscia di un altro, tipo quella del tuo gatto che al massimo si fa di erba gatta e quindi vai via liscio. Ma pensate a 'sti testimoni, poveretti. Li dovranno pagare bene. No, dico, per guardare Giovanardi pisciare devi avere un'indennità altissima. Domanda: ma ci saranno i pianisti anche stavolta, che fanno la pipì anche per gli assenti tipo fontana di Versailles?

La cosa triste di tutta questa vicenda è che Gasparri è risultato negativo a tutto: cannabis, cocaina, anfetamine, oppiacei. E lui contento. Per me è stato uno shock. Ma vi sembra una bella notizia? È una tragedia, invece. Noi speravamo che dicesse le cose che dice perché sotto l'effetto di droghe pesanti, invece niente... È tutta farina del suo sacco. Le cose le dice da lucido, capite la mia amarezza? Contavo che certi suoi sproloqui e quel suo occhietto che diverge fossero conseguenza della maria lavata nell'ammoniaca, invece è pulito.

Il test più attendibile comunque pare sia l'esame del capello. Solo che per trovare le tracce di una sniffata di un anno prima la cavia deve avere un capello lungo almeno quattordici centimetri e mezzo. Quindi Bondi può tirare due chili di coca con l'aerosol che nessuno lo sgama, mandare giù tanti di quei francobolli da far invidia a Bolaffi. Ma dove lo trovi uno che ha i capelli lunghi così tra i deputati? Potevi farlo a Schifani quando aveva ancora il riportino, a Chiamparino che è pettinato come un panda, a Berlusconi, forse, ma i suoi capelli sono di materiale radioattivo e rischia di fondere le provette... Devi prendere un pelo di altra provenienza, ma io dubito che un medico vada a ravanare nella patta di un senatore.

Comunque. Io dico, è giusto sapere che le persone che eleggiamo non si drogano, non tanto per la droga in sé, ma perché così non alimentano un mercato che è un mercato mafioso, anche se la verità è che quelli che si sottopongono al test sono quelli che non si fanno. Ovvio. Gli altri se ne stanno belli a casa con le loro piste di Courmayeur su per il naso, belli spaparanzati sul divano del salotto a farsi delle canne così grosse che per rollarle ci vuole la carta da forno. Sono mica pirla...

Caro Babbo Natale...

Caro Babbo Natale. Caro Babbo. Papi. Caro Papi Natale. Ancora una volta con te arriva il Natale col suo manto di bontà e le sue braghe di torrone. Ho da dirti tante cose, Papi mio. Prima di tutto stai attento quando ti butti giù dal camino, perché non tutti mettono il panettone e gridano: "Buttati che è morbido". C'è chi ci lascia gli attrezzi di ferro e rischi di fare la fine del porceddu.

Grazie che non fai morire George Clooney ma che lo scambi con la macchina del caffè. Già che c'eri però potevi far arrivare il pianoforte in testa alla Canalis.

Tante cose abbiamo da chiederti, Babbo mio, Babbo santo, Babbalone bello. È vero che Brunetta è uno dei tuoi elfi che costruiscono i regali? Sei stato bravo, a mandarcelo. Ci ha insegnato che siamo fannulloni. Ora però che lo abbiamo capito, per cortesia, riprenditelo. Serve più a te che a noi. Tra l'altro, tu che lo conosci bene... ma Brunetta ha le dita corte, o sono le giacche che sono lunghe?

Caro Babbo. Portaci tanti doni. Anche se non siamo stati tanto buoni. Porta delle balle nuove a Napisan che a forza di girare gli si sono consumate e a Maroni un completo diverso che vestito così gli manca solo il dente d'oro e poi lo prendono per uno zingaro. Dona una esse funzionante a Nicky Vendola che dice delle cose tanto belle ma se pronuncia la esse esce solo saliva. Fa' in modo che non debba mai dire "sassofono" in vita sua se no ci andiamo di mezzo tutti. Fa' che Schifani e Bondi si fondano insieme e diano vita a un nuovo organismo vivente, lo "Schifondi", così ne abbiamo uno al posto di due, e porta una nuova moglie a Berlu che dopo la Veronica è tanto solo. Sceglila tu, però ricordati che è vero che la bellezza non conta, ma se gliela trovi racchia siamo di nuovo da capo. Fa' che Fini tenga duro, che a Bersani non venga molle e che Tremonti non ci faccia venire l'orchite, se puoi. Poi per favore, Papino, con l'anno nuovo facci vedere Capezzone a inquadratura piena e non solo di faccione, così, visto che dice sempre le stesse cose, almeno vediamo dove gli infilano il CD. Metti la tua mano grande sulla testa di Calderoli e spremilo per vedere se esce qualcosa di buono. Ricordati di portare una nuova tinta alla Brambilla, che quella che ha è la stessa dei giubbini di emergenza in autostrada e da lontano quando c'è lei sembra sempre che qualcuno abbia bucato, e ai politici in fregola porta un'amante che non voglia fare fiction a tutti i costi, una che magari si accontenti di aprire una profumeria o un baracchino di pizza al taglio.

A me come regalo non portare nulla. Soprattutto elettrodomestici. Tipo set da fonduta o girapolenta elettrico, che sono due mammozzoni che non so dove mettere e se li porto in cantina non posso neanche sperare che li mangino i topi perché sono di inox.

E poi, caro Babbo, ti chiedo un favore: fa' in modo che non si avveri ancora il detto natalizio: "Regali una figata, ricevi una cagata". Perché succede sempre che quando tu fai un regalo da mandarti in miseria, l'amico ti regala una presina e, viceversa, se gli regali una fetecchia lui ti regala un cellulare placcato oro ventiquattro carati. Regolati tu che puoi e non ci far fare figure di emme. Amen.

P.S. L'anno scorso ti avevo chiesto di portare un cognome nuovo all'onorevole Bocchino. Forse non hai avuto tempo. Per noi è importante... perché, magari tu non lo sai, da noi sulla Terra "bocchino", se non è una grappa, è una cosa... Dài. Trova un cognome, sono sicura che nei tuoi magazzini ne hai. A 'sto punto ci va bene pure onorevole Italo Cacca. Be'... se non ti viene, lascia Bocchino, ma togli la malizia da noi peccatori.

Brasilian Wax

Mi è capitato per le mani un vecchio calendario della Pirelli. Come sempre un inno alla gnocca. Solo che 'sta volta le gnocche sono avviluppate ai serpenti arboricoli, appese agli elefanti, coricate nelle pozze dove si abbeverano i cercopitechi o con un formichiere per cappello. E il significato non è che la donna è una bestia. Che avrebbe anche un suo senso. Una sua onestà. No, il calendario è fatto così perché, dice Tronchy, si è pensato di ispirarlo alla natura che soffre. Alla difesa dell'ambiente. Ecco. Ora, tutto ti può venire in mente, vedendo una piazzata a culo in su sopra un formicaio, tranne che sia lì per consolare le formiche. L'avessero messa nuda a pancia in su forse ti avrebbe fatto più pensare che si estinguono le marmotte. Se volevate lanciare un messaggio in difesa della natura, mi chiedo, non bastava fare una bella foto con un cormorano inzaccherato nel petrolio? Perché ci avete aggiunto delle patanute? Ve lo dico io, perché. Perché siete la Pirelli e fate le gomme, e il calendario lo appendono in officina i gommisti che non gliene frega un tubo della lince sbergnaccata, preferiscono una bella donna tutta intera. Io, più che alla salvaguardia della natura, credo che i creativi si siano ispirati al motto: GIUNGLA E GNOCCA, SOTTO A CHI TOCCA.

Comunque, buttando un occhio al calendario, ho notato che tutte han fatto ricorso alla Brasilian Wax, la ceretta brasiliana, che spopola ormai anche tra le non modelle. Sembra che un sacco di donne italiane si stiano sottoponendo a questa tortura e si facciano pelare come biglie, come bocce da pétanque, proprio lì, nella zona bikini. E in cosa consiste la Brasilian Wax? Consiste nell'eliminare tutto il surplus sotto l'ombelico, tranne la jolanda. Mi spiego meglio. Si leva tutta l'antica peleria del borgo e se ne lascia solo una traccia. Come quelle che cercano i RIS. Tipo una linea di mezzeria. Un bastoncino da shanghai. Un'operazione che fa un male più che cane, canissimo.

E adesso chiediamoci: "Perché si chiama ceretta brasiliana?". Spremiamoci un po' questo cervellino che è secco come un wafer e vuoto come un osso di seppia. Perché la fanno le brasiliane, che stanno al mare otto mesi l'anno e giustamente non hanno voglia di andare in giro coi basettoni che spuntano dal bikini. Ma noi italiane perché? Che se al mare ci stiamo quindici giorni in agosto va già di lusso? Che il prossimo anno, con l'aria che tira, ci facciamo al massimo il weekend di Ferragosto? Non dico di metterci in bikini con Caparezza che esce dagli slip, però non esageriamo. Nessuna di noi andrà mai all'*Isola dei famosi*, dove effettivamente una moquette troppo rigogliosa potrebbe suscitare qualche imbarazzo.

Molte di noi, oltretutto, vivono in climi freddi, dove conviene piuttosto indossare una mutanda di polenta. Trascorriamo le nostre giornate con le jolande sempre al buio, sotto strati di vestiti, appoggiate su anguste sedie d'ufficio. La sera, poi, i nostri compagni le ignorano, o, se vogliono favorire, spengono la luce e trafficano nelle tenebre preferendone, piuttosto che l'aspetto estetico, la loro funzione principale: contenitori morbidi per oggetti rigidi. A cosa serve, dunque, questa insulsa deforestazione che sappiamo essere causa prima delle frane? E poi, agli uomini piace 'sto baffetto verticale? 'St'opera di Fontana? Ah, saperlo...

Beckham e la Beckhamona

Amici, tira una brutta aria. Se sapessi disegnare sfornerei per l'occasione un paio di vignette, così, per creare subito un bel clima. Ma purtroppo tra me e la matita non c'è mai stato un gran feeling. Al massimo posso disegnare un walter. Che tra l'altro è anche abbastanza facile da fare... la jolanda è più complicata. È come un orecchio mezzo chiuso, un tortellino troppo cotto, un'ostrica senza la perla. Voi maschi, disegnarvi è un attimo. Noi, ci vuole esperienza.

Per tirarci davvero su di morale ci vuole una roba fricchettona, una boiatona cinque stelle. Un raggio di luce a squarciare le tenebre del nostro quotidiano. La Victoria Beckham, moglie del possessore del gran pacco, del bello fra i belli, del pallone d'oro con le balle di diamante, siccome si trovava molto bene a Milano, voleva cercare casa proprio lì. Ci fa molto piacere. Ora mi metto ad azzardare qualche passo di danza per festeggiare l'evento. Per dimostrare la mia gioia sincera sparo per aria come fanno i messicani. Insomma, la Beckhamona che voleva diventare meneghina a tutti gli effetti ci ha fatto sapere anche dove voleva andare ad abitare. Sapete dove? Al Castello Sforzesco. Capite la madama? La sciura Beckham...

Victoria? Sai come si dice a Torino? Pisa pi curt... Piscia più corto. Ma perché non al Duomo, Victoria? Ti caliamo dall'alto e ti mettiamo al posto della Madunina. Nel Duomo fai le feste e sulle guglie prendi il sole. Non vuoi che telefoni a Sua Santità per chiedergli se può alzare i tacchi e lasciarti San Pietro? Se no ci sarebbe anche un bel loft mansardato, è a Pisa. Pende un po', ma se vuoi lo raddrizziamo. Lei ha detto che le interessava in modo particolare la sala degli Scaglioni dove c'è la *Pietà Rondanini* di Michelangelo. Non so se voleva usarla per appendere il loden o come stendibiancheria o magari toglierla perché le fa pietà. La camera da letto, secondo i dettami del feng shui, era prevista nella torre castellana. Doveva poi solo farsi crescere i capelli e buttar giù la treccia dal torrione per far salire il marito. Non ha specificato se voleva rimettere i coccodrilli nel fossato. Forse preferiva quelli della Lacoste. "Per il Castello Sforzesco sarebbe un ritorno di immagine planetario" ha detto. Certo. Lo faceva per il castello. Sai Vittorina, spice girl neanche più tanto girl, che non so perché ma temo che tu mi stia leggermente sul culo? Ma secondo te, Vittorina, i monumenti d'Italia li abbiamo costruiti per metterci dentro le mogli dei calciatori? Secondo te sul citofono della Mole c'è scritto "Del Piero"? L'Acquario di Genova è diventato la piscina di Cassano? Se vuoi al limite possiamo darti il Colosseo, Victoria. Guarda, è da ristrutturare, però è molto luminoso, in pieno centro e con ampio cortile. Oltretutto hai la fermata della metro sotto casa. Bisogna solo dire a Totti, che lo voleva come parco giochi per i figli, se cortesemente può spostarsi alle Terme di Caracalla.

Pulci nelle mutande

Si è fatto tanto l'amore in quest'ultimo anno. Hanno partorito tutte. Ha partorito la Bellucci, ha partorito la D'Amico, poi Giorgia, che fino a ieri era piatta come uno skate, e persino Heather Parisi che ha cinquant'anni e c'è caso che mi entri addirittura nel Guinness dei primati. Che meravigliosa Cicala. Alla faccia della "formica che invece non cicale mica". Ma sì. È giusto. Facciamo girare l'economia e anche qualcos'altro.

Peccato che ci siano anche delle povere disgraziate che invece non solo non sono incinte ma c'hanno pure problemi alla jolanda. Non so se avete visto questa pubblicità che io trovo deliziosa. Un gioiellino. Si vede un gruppetto di bagiane, di squinzie, di ciamporgne che se la contano. E si capisce subito che stanno aspettando qualcuno. Poi arriva trafelata l'amica che dice: "Scusate il ritardo... Ma ho un bruciore e un prurito intimo e sono dovuta passare in farmacia a comprare il Tantum rosa...". Precisazione. Io pensavo che esistesse solo quello verde di Tantum, il collutorio, quello di "Ehi, Boccasana...", invece qui è cambiata la parte del corpo. Non è più la bocca. Solo che non potevano fare: "Ehi, ...sana...". Ma vabbe', torniamo allo spot. Stacco. A questo punto si vede lei, la protagonista, a una festa, vestita da confetto, che dice ridendo: "Il rosa mi fa stare meglio".

Ora. A parte che la malata del Tantum è la stessa che va in bici a raccogliere le mele della Val di Non. Giuro. Ho verificato. È la stessa attrice. E anche lì ti viene da dire: "Certo, vai ad arrampicarti in bici su per i bricchi, ovvio che poi gli apparecchi di bassa manovalanza ne risentono...". Comunque, io ho quarantasei anni e di amiche ne ho frequentate. Ma mai e poi mai una è arrivata a dirmi che era in ritardo perché le prudeva la... Dài!!! Sono cose che, se una le ha, se le tiene! Non è la prima cosa che dici quando vedi le amiche. "Come va?" "Mah, guarda è da ieri che mi gratto... mi sembra di avere il circo delle pulci nelle mutande. Come se l'avessi fatta alla brace."

Ma dove stanno le pari opportunità in pubblicità? Noi donne abbiamo l'ascella pezzata, le piccole perdite in ascensore, la pancia gonfia perché siamo stitiche, la dentiera che balla e adesso la jolanda che prude?

E il maschio niente? A voi non prude? I maschi son tutti fiori del Paradiso? Ma se nella vita avete le abitudini e l'odore dei facoceri. Com'è che a noi prude e a voi no? E allora cosa avete da smandranare tutto il giorno il merlo? Si tratta di riposizionamenti strategici delle batterie missilistiche? Siete sempre lì che manipolate, state delle ore a vangarvi il cavallo dei calzoni, a rimestare 'ste due olive felpate che vi portate nel marsupio... e allora già che ci siete scriveteci sopra BASILICATA, andate a Rai Uno e fatevi aprire il pacco ad *Affari tuoi*.

Puta per una noche

A Natale uno dei regali più gettonati pare sia il profumo. Va molto il profumo francese. Io non ho mai capito. In Italia non li fanno i profumi? Dobbiamo per forza comprare quelli con 'sti nomi delle balle? No, perché una volta i profumi si chiamavano: VIOLETTA, MUGHETTO, FRAGRANZA, ESSENZA, COLONIA... Poi hanno cominciato coi nomi tronchi: COCÒ, GAGÀ, PEPÈ, CICÌ e PUPÙ, primi segnali che il profumiere cominciava a diventare cretino. Ora siamo passati alla moda dei nomi francesi porno-balenghi tipo OBSESSION, PERVERSION, CIRCONVALLASION, INIESION, EGOIST... Che poi è anche un casino, non è che puoi regalare alla nonna PERVERSION o BRUT BASTARD o BEL PIRL o FARABUT. Per l'EAU DE TOILETTE è uguale, EAU DE TOILETTE che, tradotto male, da persone che vogliono far ridere con poco – nelle quali io non mi riconosco – sarebbe "acqua del cesso". Quindi andrebbe anche bene EAU DE PISUAR e EAU DE CES DE CAMPÈGE.

E vogliamo parlare delle pubblicità dei profumi, che sono completamente sderenate? Di solito ti fanno vedere una tipa molto figa ma molto scervellata, tendenzialmente nuda, che fa delle cose senza senso tipo pettinarsi con una trota, buttarsi da una scala a pioli o masticare un collant. E in sottofondo una voce roca francese dice delle minchiate a vanvera, tanto noi non capiamo: "Pour la femme qui se demande pourquoi j'ai l'ascel pesant que tanfe: SUDEUR, le nouveau parfum de Cacarel...", "UDUR DE CAN BAGNÀ by Paco Rabadanne". Ci sono anche tanti cavalli nelle pubblicità dei profumi. Che per altro belli sono belli, ma non profumano. Tutt'altro. Fatevi un giro in una scuderia e poi mi dite. Cavalli che saltano nella fanga, che rampano giù per i bricchi, che caracollano sulle spiagge: TANF DE CHEVAL by Lacacan. Vendono anche profumi che evocano il senso di infinito: ETERNAMENT, il profumo per l'eternità. Tempo di metterti gli orecchini e non lo senti già più. Che sarebbe meglio chiamarlo: SE SENT RIEN. GIÀ FINÌ. SPRECHÉ LE SOLD.

Però adesso c'è una novità. In Messico hanno inventato i profumi ai feromoni. Sarebbero delle acque di colonia che sprigionano nell'aria delle molecole prodotte dal nostro sistema endocrino, i feromoni appunto, i quali scatenano reazioni di tipo sessuale, attirando il maschio e portandolo all'immediato smutandamento. Tu ti spruzzi uno di questi profumi e gli uomini cominciano a girarti attorno, sempre di più sempre di più sempre di più, finché si finisce sulla materassa. Allora, se volete segnarvelo, ragazze, si comprano su eBay e i nomi sono: VIEN A MI, AMOR ARDIENTE, GUAPISSIMA SEXY BOMB, AMORRE DE AMOR. Il più potente di questi profumi si chiama PUTA PER UNA NOCHE. Dove "NOCHE" non è inteso come frutto. No, perché fare la puta per una noce non val tanto la pena, se no dovevano fare anche PUTA PER UNA GHIANDA e PUTA PER UN PINOLO. Bello, no? Da anni noi donne diciamo che non siamo solo oggetti sessuali e adesso ci facciamo il bagno nei feromoni. Tra l'altro 'sto profumo fa effetto nel raggio di cinque chilometri. Ma avete idea di quanti maschi ci siano in cinque chilometri? Minimo sette-ottocento in età da materasso. Si creano degli ingorghi, dei bouchon come ai caselli di Albenga a Ferragosto, delle file come al Lidl. Ci conviene mettere il numerino come in gastronomia. "È qui, la puta?" No, perché, scarta pure quelli che hanno preso una storta, gli influenzati a letto con quaranta di febbre e quelli che son rimasti chiusi in ascensore, ma gli altri? A palate.

Non ho ancora deciso qual è il più adatto a me. Per me andrebbe bene CON CALMA POR FAVOR, tutti in coda e senza spingere. Oppure, per donne calienti, ENCHIODAME AL MURO, se volete mantenere un tocco sudamericano; AMAMI IN BRANDA per persone dirette, o PUTAIN TOJOURS per chi preferisce il francese. Adesso faccio un esperimento. Mi ordino un flacone gigante di PUTA PER UNA NOCHE. Vado a Città del Vaticano e me lo verso in testa. E vediamo. Tutti addosso. Come merli quando gli tiri il granturco. Tutti neri. Sai che ridere?

Le minne vaganti

Mi sa che si è alzato il vento delle primavere che alza le gonne e fa mostrare le pere. Eh già, perché ogni due per tre fotografano una con il seno di fuori. E la Ilary, e la Hunziker, e la Anderson... In ogni rotocalco che si rispetti c'è sempre una foto con su scritto: "Inconveniente alla serata di gala: capezzolo fa capolino dal décolleté". Posso dire? Inconveniente una mazza. Se la tetta sta in un contenitore adatto, non esce. Ve lo garantisco. Certo che se ti metti una scollatura larga come il delta del Niger allora può capitare. Se pretendi di contenere due dirigibili della Goodyear dentro una scollatura che va dalle clavicole all'ombelico è dura. Anche stando immobile la massa freme. Se poi addirittura balli, alé. O ti fissi il vestito con l'Attak, ma poi levarlo è un casino, oppure devi farti dare due punti di sutura dal chirurgo. Poi più tette c'hai più rischi. Se sei piatta come uno schermo a cristalli liquidi puoi anche metterti solo due bretelle che non esce niente, se invece c'hai una terza si scucchiaiano come palle di gelato, strusciano fuori come serpi.

Amica, ragiona. Se sei Rocco Siffredi, non ti metti

un costume a francobollo quando vai al mare, perché basta che ti alzi dalla sdraio e ti scappa l'arrosto, no?

Chiedo almeno la cortesia di non cadere dal pero. No, perché a me poi fa venire i nervi leggere le interviste di queste minne vaganti che dichiarano: "Uh, ma davvero mi è uscito il seno mentre saltavo sul tappeto elastico? Eppure avevo un reggiseno di carta velina grosso come un bicchierino per il prelievo delle urine! Come può essere capitato?". Amore? Avevi un reggiseno grosso come una benda sull'occhio del corsaro, e ti stupisci che due chili di roba siano tracimati fuori? Le donne lo sanno che le tette vanno sempre un po' dove vogliono loro, sono anarchiche, sono come gli amici di maria, che mica stanno lì fermi come le ruote di un cannone... Perché si chiamano "balle"? Perché ballano! E le tette pure. Ci sono quelle che le hanno molli come due sacchetti di ricotte morbide, o toste come le mozzarelle nella bustina di plastica, che cerchi di prenderle e loro si spostano, ma mai fisse come paracarri. E se ti sdrai non puoi pretendere che loro stiano lì ferme come due sassi di Matera. Si muovono. Come due crème caramel che quando il cameriere te li porta continuano a dondolare e lo fanno anche quando sono già sul tavolo. Quello che mi manda ai matti sono quelle che fanno finta di non accorgersene. Ma come? Ti salta fuori dal vestito una bombola del gas e tu non te ne accorgi? "Sì, ogni tanto sentivo, durante il balletto, che qualcosa mi sbatteva sull'occhio, ma non ci facevo caso." Ragazze, ma prima di un balletto vi fanno l'epidurale?! Ve le anestetizzano? Che poi sono le stesse che in mezzo al casino di una festa si accorgono se si smaglia la calza a rete di mezzo centimetro... Se salta fuori un melone, invece, non sentono niente. Secondo me lo fanno apposta. Anzi, vi dirò di più, si organizzano: "Bene, stasera devo ballare la lambada. Adesso mi metto un reggiseno di pelle d'anguilla di due taglie più piccolo e per sicurezza mi ungo le bocce con l'olio di jojoba. Così volano via che è una meraviglia". Se continuiamo così, per forza poi tutti pensano che noi donne siamo cretine.

Pipì con lo specchietto retrovisore

I matti non sono tutti qui. Ha avuto grande successo in Inghilterra un giovane uomo che si chiama Gavin Paslow che sostiene di essere la reincarnazione del diavolo. Si pensa Mefistofele redivivo. In effetti, se vedi la foto, un po' a Satana ci somiglia. Intanto c'ha la lingua biforcuta, è bilingue, poi ha i canini lunghi da Dracula, le orecchie a punta come i lupi e persino le corna. Sì, sulla fronte c'ha due bei bozzi come se avesse due tappi di Coca-Cola sotto pelle. Che uno normale si sarebbe fatto crescere la frangia per nasconderli, girerebbe con un colbacco calato sul naso, invece Gavin se li lucida col Sidol. In più si mette delle lenti a contatto che gli fanno le pupille come i serpenti e le iridi verde fluorescente. Si è fatto pure cambiare nome, e adesso all'anagrafe si chiama Diablo Delenfer, ovvero diavolo dell'Inferno. Poi, purtroppo, la sua trasformazione in Lucifero ha subito una battuta d'arresto. Un improvviso stop. Perché non ha trovato nessuno che gli trapiantasse la coda. No, giuro che è tutto vero...

Il giovane Paslow ha dichiarato al "Sun": "Sono rimasto molto deluso quando mi han detto che per ora non è possibile, ma la ricerca fa passi da gigante e sono sicuro che fra qualche anno avrò anch'io una bella coda". Speriamo. Speriamo tanto, Gavin. Ti auguro che possano impiantartene addirittura nove, magari, come il gatto di Dario Argento. Perché non te la fai mettere d'asino, già che ci sei? Di che cosa la vuoi? Di polenta? Di rafia? Hai solo da chiedere... Di gommapiuma? Come la vorresti, Gavin, con la molla, così ti appendi agli alberi come le scimmie, o la preferisci sobria, di pelle di vitella come le scarpe di Prada? Gavin? Testina? Il materiale deve essere tuo, altrimenti c'è la crisi di rigetto, e da dove te lo prelevano, il materiale? L'unica cosa lunga, se lungo ce l'hai, è il walter. Fai una roba. Fattelo spostare di dietro. Certo che col walter sul retro centrare l'asse, dopo, sarà un inferno – che per altro è anche il tuo elemento –, ti toccherà fare pipì con lo specchietto retrovisore, però pazienza.

Ma poi un metro di coda che pende, come gliela puntano? Metti che gliela facciano di silicone. Che rollano il silicone come per fare i grissini. Dove gliela innestano, che non sta su? C'è un unico pertugio, ma se tappi quello è la fine, quello è un buco che ti fa comodo stia libero come le uscite di emergenza; capita che per una necessità urgente ti tocchi andare in bagno in uno di quei bar con la toilette microscopica che non sai mai dove appendere cappotto e borsetta, figurati appoggiare la coda.

Io mi immagino la moglie di quest'uomo, perché 'sto disgraziato ha pure una moglie e due figlie. Pensate a 'sta donna. Già i nostri uomini sono faticosi, ma pensate avere un marito che si fa chiamare Diablo e vuole farsi trapiantare la coda. Signore, perché? Cosa abbiamo fatto di male noi donne per avervi come castigo perenne? Che peccato abbiamo commesso per meritarci questa progenie di somari pelosi come compagni di vita? È ancora per la storia della mela e del peccato originale? Ma se ci mettiamo d'accordo con i coltivatori di mele del Trentino e ne mandiamo su in Paradiso un camion con rimorchio, non la possiamo chiudere lì e farvi sparire tutti? E se poi il Capo vuole che continuiamo a partorire con dolore non c'è problema. È ancora il minore dei mali.

Cercasi uomo scaldaletto

La Cassazione ha decretato che chi coltiva marijuana può essere condannato soltanto se le piantine che coltiva sono mature. Quelle verdi non contengono il principio attivo drogante, e quindi il "coltivatore" non può essere condannato... La Cassazione si occupa quasi sempre di cose strambe, tipo quanto appiccicati al culo devono essere i blue-jeans per giustificare lo stupro, oppure quando un fagiolo borlotto è così grosso da essere considerato arma da guerra. Ma quali sono i segnali che ti dicono che la piantina di marijuana è matura? Quando è matura avverte? Le foglie si arrotolano da sole a forma di cannoni? Quando è matura le spuntano i dreadlocks o se un chiurlo vi si posa sopra si mette a cantare *No Woman No Cry*? Anche i carabinieri, come fanno a saperlo? O il brigadiere è laureato in Botanica, oppure deve rollarsi un paio di foglie; se comincia a ridere e a ballare *La cucaracha* vuol dire che deve arrestare tutti. Se comincia a dire: "Ma che begli gnomi che ha signora in salotto" e "Mi passi la custodia del polipo", vuol dire che la marijuana è matura.

Sempre a proposito di notizie bizzarre, è in arrivo una novità nel campo dei lavori maschili. Preparate le valigie perché a Londra cercano persone per riscaldare i letti degli hotel. Yes. Degli "scaldaletto umani". Da quelle parti fa un freddo della malora, nevica e quindi le lenzuola si ghiacciano. E così la catena degli Holiday Inn ha deciso di inaugurare questo nuovo servizio. Assumono dei cristiani qualsiasi, gli fanno indossare un'apposita tuta, una specie di calzamaglia di carta igienica, e infine li fanno sistemare sotto le coperte a scaldare il letto dei clienti per cinque minuti scrapotandosi da un letto all'altro prima che questi vadano a dormire. Credo che le donne siano escluse dall'impiego avendo sempre tradizionalmente i piedi freddi. Io non so se sarei contenta di trovarmi nel letto uno che mi scalda il posto. Anzi. A dire la verità mi farebbe piuttosto schifo. E se mi sbava sul cuscino? Che trovo poi la scia di lumaca che brilla sulla federa? Oppure magari me lo scalda, me lo flamba a suon di... Per carità. Piuttosto agli inglesi segnalerei un altro problema. Se non di maggiore, almeno di pari importanza. Anche mettere il sedere sull'asse ghiacciata della tazza gela i sentimenti. Non so a voi, ma per me è uno shock tutte le volte. O stimola e non fai in tempo a sederti, o blocca ogni flusso. Se vengo a Londra, cortesemente, mi trovate un gentiluomo di chiappa non chiacchierata che mi scaldi l'asse? Molte grazie.

L'x factor nelle mutande

È scoppiata la passione tra la Marcuzzi e Facchinetti. Avete presente la Marcuzzi? Quella divisa in due, che sotto ha delle gambe lunghe lunghe che sembra Bambi e sopra è tutta Pamela Anderson. Lei. E Facchinetti. Sono innamorati persi e in ogni giornale che apri ci sono loro due che si baciano, si baciano, si baciano, sotto casa, sul tetto, attaccati ai muri come Spider-Man. Tutta invidia la mia, per carità, visto che il Facchi, magari, ha l'x factor nelle mutande...

Comunque loro due adesso si lamentano perché vorrebbero un po' di privacy. Hai ragione, Ale. Però se vai sulla punta della Tour Eiffel a limonare poi non devi stupirti! "Eh... ma mi han fatto le foto mentre ci scambiavamo effusioni." E tu magari non metterti a farlo dentro le vetrine della Rinascente! Aiuta tantissimo, a non farsi fotografare, stare dove non c'è gente. Non dico il deserto di Tasmania. Ecco, basta non andare a strufugnarsi davanti al Colosseo negli orari di visita. Mi sono spiegata? Ale, ascolta. Se noti, in camera da letto c'è una cosa lunga e larga. Senti con la mano, è molle. Si chiama "letto". Se ti ci metti sopra con Facchi e spegni la luce, è difficile che ti fotografino.

A parte la Marcuzzi, che almeno dice quel che pensa e non si fa troppe fisime, quello che non sopporto è l'ipocrisia nei giornali di gossip. Nei rotocalchi ci sono sempre delle interviste assurde. Tipo quelle alle signorine, note soprattutto per la loro propensione al mignottume, che cominciano a fare i primi passi in televisione grazie alle due doti che possiedono e che sono quella davanti e... quella di dietro, no?, con l'intervistatore che chiede come sono arrivate in tivù e loro rispondono: "Una lunga gavetta...". No, amica. Sei rotolata da un lenzuolo all'altro finché sei finita nel letto giusto. Ma ce ne fosse una, una sola che dicesse la verità. "Come ci sono arrivata? L'ho data via. L'ho data via sans frontières, l'ho distribuita a mani piene, come quelli dell'ANAS quando buttano il sale d'inverno. Non mi sono risparmiata, se bastava darla una volta io, per sicurezza, la davo anche due. Anzi, guardi: spiace non avere due minuti se no la davo anche a lei." E quando chiedono: "Che vizi ha?", loro fanno un sorrisino da *Gioconda* che ha bevuto la purga: "Sì, purtroppo amo leccare lo zucchero a velo dai krapfen...", "Il mio vizio peggiore? Credere ancora nell'amicizia". Ce ne fosse una che alla domanda sui vizi rispondesse: "Tiro di coca che è un piacere. Guardi, mi sono fatta fare le narici a trombetta. Scopo ammanettata a un dobermann e mi faccio legare al letto coi fili dei freni della bicicletta; se a pranzo non vedo il fondo di un bottiglione da due litri non sono contenta e a Natale mi vesto da chierichetta e limono con mio zio che è diacono laico. Per il resto sono una bravissima ragazza".

E per gli uomini è uguale. L'avete vista l'intervista che ha fatto Emanuele Filiberto a Lapo Elkann durante *Miss Italia*? Capolavoro. Il famoso meteorite destinato a cadere sulla Terra avrei voluto che cadesse in quel momento esatto, proprio lì. E loro due fossero l'epicentro. Non un meteorite grosso. Giusto come un frigobar degli hotel, ecco. Perfino il cane puntava la tivù come avesse visto due fagiani. La domanda di Fili a Lapo? "Che vizi hai?" Ma come, tra mille cose da chiedere a Lapo, gli chiedi se ha dei vizi? Sono domande da fare? Cos'hai al posto del cervello, Fili? Una mela cotta? La cosa più bella non è tanto la domanda, ma la risposta di Arsenio Lapon: "Mi mangio le unghie". Amore. Certo. Certissimo. Infatti adesso che ci penso eri finito sui giornali qualche anno fa proprio perché ti mangiavi le unghie. Il fatto di vestirti da Maria Stuarda e ravanarti con delle Ballerone di Rio come lo possiamo considerare? Una virtù?

Siam fatti in tanti modi

A Londra pare che un discreto manipolo di genitori abbia protestato contro la BBC, famosa rete televisiva, perché ha fatto condurre una trasmissione per bambini a una tale Cerrie Burnell. Cos'ha che non va questa Cerrie? È una famosa pornodiva che si presenta vestita sadomaso col frustino? È stata in galera perché ha sciolto gli zii nell'acido muriatico? Picchia i cani? Strappa i baffi ai gatti? No, niente di tutto questo. È carina, simpatica, competente e amabile. Però... c'è un però. Le manca un braccio. È nata così, con un braccio solo, e tra l'altro se la cava benissimo, tant'è che non ha mai usato protesi. Certo, ci sono delle cose nella vita che lei non potrà mai sperimentare, che so... battere le mani quando passa la regina, per dire. Machisseneimporta. È una brava attrice, diplomata, sposata e ha una figlia di quattro mesi. Una donna normale con un braccio solo. Per i genitori dei bambini a casa, invece, una tragedia. "I bambini si spaventano, si impressionano, è un'immagine che non dovrebbe comparire in televisione." Io ho visto la foto e non c'è niente di mostruoso, non è che ha appena avuto un incidente ed è dilaniata. Peccato, perché poteva essere una bella occasione per cominciare a educare i bambini ad accettare la diversità con naturalezza, a capire che gli esseri umani sono fatti in tanti modi, e vanno bene tutti, anche quelli che a prima vista sembrano un po' più complicati. E invece no. "I bambini sono troppo piccoli per affrontare il discorso dell'handicap." Palle. Più sono piccoli, credo, più è facile fargli capire le cose con naturalezza. È tanto difficile dire: "È nata così, può capitare, ma come vedi va bene lo stesso, guarda com'è brava". Niente. I genitori non la vogliono. Ma per fare la televisione bisogna avere per forza due braccia? Se la vuoi spostare ti servono, ma se la fai?! Luca Giurato per esempio ha tutto, eppure...

Tante parole, e poi: i presentatori con l'handicap non vanno bene; se ci sono troppi stranieri in classe gli cambio scuola; la baby-sitter meglio italiana se no non capisce la lingua, e africana no perché è piccolo e tutto quel nero e gli occhi bianchi gli fan paura; il compagno down è tanto carino ma alla festa di compleanno meglio non invitarlo, si sentirebbe a disagio; la domestica sì ma se è romena magari anche no; quello lì è gay ma è tanto una brava persona.

Qualcuno però mi deve spiegare perché le tette grandi come la cupola di San Pietro rientrano nel concetto di normalità e un braccio solo no. Una deforme volontaria, che per bilanciarsi deve andare in giro coi pesi nelle tasche posteriori dei jeans se no casca in avanti, in tivù va bene. È normale. Come glielo spieghi a tuo figlio, mamma inglese? "Vedi Jason, quella signorina si è fatta aprire come una Simmenthal, poi si è fatta infilare della gomma sotto la pelle così i maschietti hanno tanto spazio per giocare e lei è contenta." E lui penserà che le donne con le tette piccole hanno il parco giochi consumato. Allora, English mother, già che ci sei spiegagli anche perché quell'altra donna ha un braccio solo, un signore sta in carrozzella, uno ha le mani che tremano forte, perché un bambino non parla e un altro ogni tanto tira i libri alla maestra e urla. Altrimenti, se gli facciamo credere che il mondo è quello degli spot dei biscotti, poi non stupiamoci se quando vede per strada uno sporco e ubriaco gli dà fuoco. I fiammiferi glieli abbiamo dati noi.

Il tira-zufolo

Un gruppo di ricercatori delle Molinette ha studiato e ristudiato, si è fatto fumare il cervello, è stato in piedi notti intere e alla fine ha trovato il modo. Di fare che? Il modo di allungare il walter. E come accidenti si allunga un walter? Con un estensore di walter, ça va sans dire. Un aggeggio che infilato appositamente nel medesimo... puuuuttt... te lo allunga. Come il naso di Pinocchio. Come un cannocchiale. Come quando tiri fuori il cicles dalla bocca e lo allunghi, piiiii... E di quanto te lo allunga? Un centimetro? Due? No. Otto centimetri. Praticamente una mia spanna. Lo allunga del trentadue per cento a riposo e del trentasei per cento quando è a pieno regime. Porca l'oca. E come hanno fatto? Lo dico per i maschi che hanno già l'impegnativa del medico sul comodino con su scritto URGENTE. Hanno arruolato ventun pazienti, "altamente motivati" dice l'articolo, che suppongo voglia dire "minimamente attrezzati", i "sotto quota", via. I pentolini senza manico. Dei minus habens con un'età media di quarantasette anni. Ma io dico: avete passato quarantasette anni della vostra vita in compagnia del vostro petardo a miccia corta che dovevate trovarvelo col metal detector? Ma fatevene una ragione! Datevi pace. La corsa all'oro ormai è arrivata alla fine. Per voi Mister Italia finisce qui... invece no. Tignosi. E comunque, gli han fatto indossare per quattro-sei ore al giorno un estensore formato da un anello di plastica, due bacchette mobili e una striscia di silicone per tenere il walter in posizione. Tipo fionda. Tipo balestra carica. Mettono il walter come la freccia nell'arco senza però farla partire mai, anche perché se parte, cari miei, lo sparate in giro e rischiate di far male a qualcuno. Accecate la signora di passaggio che poi torna a casa con l'occhio bendato, e il marito le chiede: "Cosa è successo?", e lei: "Ma niente, Filiberto, una cazzata...".

'St'estensore va tenuto per dodici mesi. Non è poco. E infatti ci sono anche degli effetti collaterali: bruciore e rossore forte. Ma va? Pensavo benessere e freschezza. Che poi secondo me 'sta... come si può chiamare? Tenaglia tira-walter? Allunga-picchio? Ambasciator allunga-pene? Insomma il tira-zufolo va bene, ma io dico: allungate pure tutto quello che volete ma se la sostanza, il materiale base, la dotazione di materia prima rimane quella, vi verrà il walter lungo, sì, ma sembrerà un ferro da calza, uno spaghetto, un grissino, uno stuzzicadenti da spiedino, una sonda, una canna da pesca, una stringa di liquirizia, una fibra ottica, che lo potete usare solo per interventi in endoscopia. Pensate che impressione, accavallate le gambe e tan!, ve lo pinzate in mezzo. Camminate e vi fa l'effetto metronomo; con gli amici di maria rimasti mignon, sembrerà un tralcio d'uva dopo la vendemmia, con solo più due acini peregrini, a meno che non ve li facciate gonfiare con la pistola ad aria.

Per fare bello, divertente e piacevolmente amico delle donne un walter, però, non basta che sia una bacchetta da shanghai. Come dobbiamo fare? Ce lo dicono alle Molinette? Avvolgerlo nella carta scoppiettina? Nella gommapiuma? Possiamo risolvere il problema col fai-da-te. Col sistema a involtino. Gli avvolgiamo intorno due fette di pancetta e una frittatina, copriamo tutto con la pasta sfoglia di Giovanni Rana, glielo facciamo appoggiare un attimo nel microonde, ed ecco fatto, anche il colore è quello giusto.

Se ce l'hai corto, metti la soletta

Vorrei elevare al cielo una preghiera. Una supplica accorata. Una prece. Mi rivolgo agli scarpari. A tutti i geppetti del cuoio, agli artisti della tomaia, ai profeti del décolleté. Io vi prego con tutto il cuore. Quando fate le scarpe da donna, potete fare per favore anche i 34 e 35 per noi minipony? Per noi diversamente abili di piede? Zampe di criceto? Io non dico di non fare i 38, i 40 e le barche a vela del 44, per carità... Volete fare un 47 tacco dodici color pera per le drag queen? Ma sono io la prima a dire bravi. Poi, magari, con i ritagli di pelle di scarto, con i pezzi di pelle sbirgoli ricavati dalle orecchie e dalla coda della mucca, potete fare per cortesia qualche scarpa in più del 35, che sono stufa di andare in giro con le scarpe dei clown, di tre numeri più lunghe?

Mettetevi una mano sulla coscienza e una sulla tomaia, vi prego. Tutti lì che camminano in una Valle Verde e noi chi siamo? Le figlie della serva? Ma guardatevi intorno! Non ci sono solo stangone alte uno e ottanta, ci son tanti bei donnini di un metro e mezzo che c'hanno i piedi monchi anche se non glieli hanno fasciati nella culla come alle cinesi. Cosa devono portare, 'ste disgraziate, ai piedi, due baguette, due sci?

Io ho quarantasei anni, reverendi. Non ne posso più di andare in giro con le Lelli Kelly, le scarpe di panno con le stelle alpine e le Geox col velcro come all'asilo. Sono stufa di entrare da Bambi a comprarmi le scarpe con stampati i Pokémon.

Se il seno perfetto sta in una coppa di champagne, il piede ideale deve stare nella bottiglia da un quarto delle osterie. Fine. Prendete la misura così. Che non ne posso più di sentirmi dire: "Guardi, avevamo un 35 ma l'abbiamo venduto...". Sì, perché se lo fanno, ne fanno uno. Come la *Gioconda*. Finito quello, ciao. Oppure ci sono quelli che fanno il 35 bastardo. Finto. Un 35 pianta larga. Una piastrella di cuoio. Ma siete cretini? Non è che se hai il piede corto, per pareggiare ce l'hai largo. Noi basse non abbiamo le zampe del pastore tedesco, maestro della concia.

Fate una linea a nome mio. Vi do il permesso. La "linea Littizzetto, piede corto da nanetto". No, perché se continua così, noi zampe di gatto andiamo giù di testa. Poi prendiamo a sberle i commessi quando ci dicono: "Guardi il 35 non c'è. Prenda il 36 e ci metta un po' di cotone in punta". Ma mettilo te il cotone in punta! Quando ti metti in costume da bagno e sembra che sia vuoto davanti, riempilo di pluriball, pezzo di babbeo! Provaci tu ad andare in giro tutto il giorno con uno gnocco d'ovatta nella scarpa: la sera il piede ce l'hai mummificato, ti levi la scarpa e salta fuori la pietra filosofale. Un sasso di Matera. Oppure dicono: "Metta una soletta". Minchia e straminchia. Allora, la soletta non allunga il piede, lo alza! Così, invece di uscirti da dietro, ti esce dall'alto. Mettitela tu la soletta, pirla! Prova. Se ce l'hai corto, mettiti la soletta. Prova. E vedi un po' se ti si allunga... La soletta magari te lo alza fino al mento, ma non te lo allunga. La lunghezza della tua pochezza resta quella, imbecille.

Virginity Soap

Un nuovo prodotto dal Medioriente. Si tratta del Virginity Soap. E cosa sarà mai 'sto Virginity Soap, mi chiederete voi? Il Virginity Soap, lo dice la parola stessa, è un sapone che serve a ricostruire la verginità. Una saponetta magica che fa tornare vergini. Segnatevelo, mesdames. Vi spiego: siccome in quei Paesi lì arrivare illibata al matrimonio è fondamentale, anche perché se il marito si accorge che la jolanda della nuova moglie è un usato, di sicuro la riporta il giorno dopo in concessionaria e si fa pure dare indietro i soldi, le donne hanno trovato uno stratagemma. Niente chirurgia. Niente rivergination come fanno in America, che ti rammendano come un calzino. Le donne arabe sono più furbe: si danno un'insaponata proprio lì. 'Sto sapone provoca un effetto astringente che chiude tutto. Tran. Tira giù la serranda alla bottega del piacere che sembra nuovamente da inaugurare. Credo che abbia un po' l'effetto delle saponette che ci sono negli alberghi, quelle piccolette come gianduiotti che quando le usi per lavarti la faccia poi ti viene tutta che tira... uguale. Quindi tu ti saponizzi tutto per bene e la tua tartallegra sembra che sia ancora nel cellophane, imballata nella carta scoppiettina. Funziona così: passando il sapone lì la suddetta si gonfia e di conseguenza l'imene si chiude come una porticina. Lo utilizzi solo per la prima notte, dopo puoi ricominciare con il sapone normale. Ma scusate, se l'obiettivo è che si gonfi, si può fare in mille modi, non c'è bisogno del sapone. Voglio dire, anche fregarla con le ortiche, un metodo bio, oppure prenderla a martellate. Si gonfia di sicuro. Se no chi è allergica ai calabroni può ficcarsene uno nelle mutande e vai così. Dicono che anche il lievito la faccia gonfiare, il rischio è che dopo ti ritrovi una torta pasqualina per dodici persone... Comunque, in ogni caso, con il Virginity Soap l'effetto astringente è assicurato.

E allora cosa succede in pratica? Farò alcuni esempi lievi e leggiadri in modo da farvi capire... Se prima dell'insaponata la vostra jolanda era un'autostrada a quattro corsie, dopo diventa una mulattiera. Se prima era una saccoccia da grembiule, dopo diventa un'asola. Se prima era una nave scuola, dopo diventa una gondola. Vi faccio degli esempi farlocchi perché capiate bene la portata del fenomeno. Continuo. Se prima era una tana di coniglio, dopo diventa quella di un grillo. Se prima era un sombrero da bandolero, dopo diventa la berretta di Brunetta. Se prima aveva l'apertura alare di uno pterodattilo, dopo c'ha quella di un colibrì. Che poi pensavo... se lavandola col sapone si restringe, pensa metterla in lavatrice a novanta gradi. Tirate fuori un feltrino da mettere sotto le sedie. Un basco di pannolenci. Un copricuffia dello stereo. Un tappetino per il mouse. Chiudo con la morale delle fiabe, ragazze: stretta la foglia, larga la via, insaponare la jolanda può essere una strategia.

Il problema dell'ascella ruvida

Una novità nel campo degli assorbenti femminili. Voi sapete che gli inventori di questo prodotto sono persone instancabili, ne studiano sempre una nuova, con le ali, con l'elica, con le pinne, lavorano anche a Ferragosto tanto che il ministro Brunetta dovrebbe farli tutti Cavalieri del lavoro. Quest'estate i baldi giovani hanno lanciato sul mercato un nuovo assorbente con una prerogativa precisa: tenere fresco. "L'assorbente fresco per evitare quella brutta sensazione di calore..." dice lo spot. Per non farti sentire caldo alla jolanda in quei giorni. Che è sempre stato un problema enorme per noi donne. Chi, in luglio, non si è mai lamentata con le amiche: "Oggi ho un caldo alla... Me la sento rovente... un ciocco da camino... una boule dell'acqua calda... una caldarrosta...". Chi a luglio non si è mai data una bella sventagliata sotto la gonna? Conosco donne che in estate la tengono in cantina.

Con l'arrivo dell'inverno sorge un problema. Creativi? Come dobbiamo fare? Lo giriamo dall'altra parte come il materasso, con tutte le sue ali? Fatene uno col lato estivo e quello invernale imbottitelo di piume d'oca. Oppure, che ne so, in Gore-Tex come le tute da montagna. Vi do un'idea. Superatevi. Fate dei nuovi assorbenti a pellet. Li carichi come i caminetti e ti durano tutto il giorno.

Altro prodotto visto in pubblicità che mi ha fatto trasalire è il deodorante per scongiurare l'ascella ruvida. Sapevamo, noi donne, di avere questo terribile problema, l'ascella che, pur depilata, gratticchia un pochino, come la guancia dell'uomo sbarbato che quando ti bacia resti lievemente scartavetrata come un mobile da restaurare? Non so voi, ma io non mi ero mai posta il problema. Oltretutto non è che delle ascelle si faccia poi questo grande uso. Non le adoperiamo molto, intendo. Le sventoliamo come le galline solo quando siamo agitate. La donna che ha una vita sessuale basic, poi, ce la fa anche con l'ascella ruvida. Grazie, creativi dell'inutile, ora buttiamo il deodorante vecchio, che al massimo ci impediva di puzzare, e ci compriamo quello che ci fa le ascelle lisce come la pelle delle anguille.

Un'altra cosa volevo dire. Un dubbio che mi attanaglia da tempo. Vogliamo parlare delle bibite nelle bottigliette di plastica da mezzo litro? Allora. Allorissima. Sono tutte normali tranne una. Acqua, aranciata, chinotto, Sprite hanno tutte un'apertura abbastanza stretta per cui se vuoi bere dalla bottiglia puoi farlo senza farti contemporaneamente la doccia. Ecco. Com'è che quelle del tè hanno un'apertura col diametro di una mongolfiera? Che ci passa dentro una pallina da golf? Che se provi a bere dalla bottiglia o ti metti il bavaglino di plastica come quello per i raggi x, oppure ti innaffi, ti sbrodoli tutto il tè addosso? Se non sei la rana dalla bocca larga, quell'apertura lì, tutta, non la prendi. A me entrano le labbra complete e un quarto di naso. Neanche una escort ce la farebbe, e dire che ha la mascella come i serpenti, a centottanta gradi, per ogni evenienza. Allora ditemi: perché? Il tè ha bisogno di più spazio per uscire? È meno liquido degli altri liquidi e intasa il collo della bottiglia? È spesso come la maionese, per caso? Ha la consistenza del fango? A me non sembra, mi pare una bibita normale. Vogliamo restringere queste bottiglie o la doccia è prevista, perché si sa che il tè mantiene l'abbronzatura e così a Natale saremo ancora belle bronzé come l'ultima delle Mohicane? Basta dirlo.

La pillola dei cinque giorni dopo

Due notizie testimoniano che le donne proprio tanto furbe non sono. La prima: Paris Hilton sta spopolando alla grande con un nuovo spot di una nota marca di birra brasiliana dove davvero supera se stessa. La scena è tipo *La finestra sul cortile*. Un tizio dirimpetto vede la Parisona che in déshabillé, in sottoveste, va verso il frigo, lo apre, prende una lattina di birra, e cosa fa? La stappa e se la beve? Magari. Sarebbe troppo furbo. Se la struscia addosso per mezz'ora, rotolandosela su tutto il corpo. Dovrebbe essere una roba sexissima e supererotica, invece niente. Non fa sangue da una rapa. Perché la Paris non ha nessuna espressione. Zero. Sembra che abbia appena finito di fumare ammoniaca da un narghilè. No, perché non è che si struscia e gode o si struscia e si sente fresca, macché. Si struscia, e intanto pensa alla tabellina del due. Siccome sta in una casa di vetro, tutti intorno la guardano, si entusiasmano, comprano la birra pure loro, un tripudio. E lei si rotola la sua lattina addosso con la faccia da betè, da stordita. In Brasile un comitato femminile ha chiesto di ritirarla perché offende la donna. Secondo me, offende anche molto le lattine di birra, che mai nella loro storia si sono trovate in uno spot così demente.

L'altra notizia. Sta arrivando anche qui in Italia la pillola dei cinque giorni dopo. Una pillola che, come dice la parola stessa, si può prendere cinque giorni dopo il fatto. Praticamente un'evoluzione della famosa pillola del giorno dopo che ha già suscitato tante polemiche, perché dovrebbe essere un rimedio in casi estremi, e invece molte ragazzine la usano come contraccettivo tout court. Ora. Ragazze, ci dobbiamo mettere cinque giorni a capire che si è rotto il preservativo? Non sarà troppo? Anche a non essere tanto sveglie, anche a non avere tanta esperienza, cinque giorni per correre ai ripari mi sembrano esagerati. Se ci abituiamo a fare tutto così a rilento, finirà che inventeranno poi la Tachipirina della settimana dopo, per quelli che ci mettono sette giorni a capire che hanno trentanove di febbre, o un nuovo tipo di ingessatura per chi non capisce di essersi rotto un piede e cammina per cinque giorni dicendo: "Minchia se mi fa male, 'sta caviglia". In un mondo in cui tutto corre a velocità siderale, dobbiamo aspettare cinque giorni per renderci conto del patatrac? Il primo giorno si riflette un po': "Mah, sì, è vero che Arturo ha trafficato molto in quella zona, però da lì a dire che...". Il secondo giorno si ripensa: "Però, in effetti sembrava proprio che Arturo trafficasse parecchio in quei paraggi, è vero che non era mai deciso, dentro fuori dentro fuori, ma sai...". Poi il terzo giorno si levano i primi dubbi: "Quando fai quelle cose lì dicono che senti le campane, io ho sentito solo il citofono per cui non può essere...". Quarto giorno, paranoia: "No, non posso essere incinta. Un mese fa ho avuto il ciclo. Quindi è tutto a posto". Quinto giorno: "Meglio prendere la pillola, a scanso di equivoci. Oltretutto ho mal di testa, e una pillola comunque fa sempre bene. Anzi ne prendo due. Peccato non facciano la pillola dei sette giorni dopo, così facevo in tempo ad andare dall'astrologa, lei lo sa di sicuro". Certo. Se ci date un'altra possibilità per essere stordite, figuriamoci se ce la facciamo scappare.

E tu eri piccolino... che cosa ci vuoi far?

Se c'è una cosa che non sopporto è l'ipocondria del maschio. Mi irrita. Mi fa friggere dal nervoso. Non si capisce come mai ma quando gli uomini stanno male, stanno male sempre un po' più di noi. Non so se c'avete fatto caso. I maschi hanno la solidità psicologica di un crème caramel. Senza contare che le loro malattie non sono mai comuni. Sono sempre delle sindromi ignote e soprattutto terrificanti. Com'è, come non è, son sempre in fin di vita, lì lì per esalare l'ultimo respiro. Ci son uomini che prima di farsi operare di emorroidi fanno testamento. Voi non avete solo mal di schiena. No. A voi si è direttamente disintegrata una vertebra. "Mi fa male un occhio..." "Avrai un po' di congiuntivite, tesoro..." "Magari... no, mi è proprio scoppiato l'occhio." "Mi sa che mi è uscita la milza dalla sede!" "Sai che ho paura di aver defecato un rene?" "Ho starnutito tre volte di fila... Questa cosa gialla che c'è nel fazzoletto... potrebbe essere cervello?" "No, amore mio grandissimo. Quel poco che avevi di materia grigia ti deve essere evaporata molto tempo fa nel bagno turco." "Ho tutto il braccio sinistro che mi formicola... temo che mi stia venendo un infarto." Voi dall'ansia diventate verdi come un avocado, cercate di fargli il massaggio cardiaco come fanno in tivù, a calci nello sterno, e lui dopo un bel po' scende dal pero e fa: "No, aspetta... Sarà perché ho scartavetrato tutto il pomeriggio lo sgabuzzino e son mancino?". Capite? Voi siete ancora lì con la tachicardia, avete perso sei anni di vita, siete più di là che di qua e lui si è già ripreso e canta come Arisa: "Sincerità... è un elemento imprescindibile...".

Senza contare le volte che dobbiamo consolarvi perché siete andati in palestra. Succede questo: il maschio va in palestra, fa la doccia e scatta il confronto. A qualsiasi età. Se lo guardano, si confrontano il walter. Lui ce l'ha così, io ce l'ho cosà... Io c'ho un turacciolo, Ugo una spina, Gino un marmottone e Franco un cotechino da mezzo chilo che secondo me più che un dono della natura è una malformazione da curare.

Ma io non ho capito, a noi donne non succede. Non è che quando andiamo in palestra ci mettiamo a guardare come abbiamo le jolande. Chi se ne importa. Al limite, buttiamo un occhio alle tette, per capire come mai una prima aveva due Smarties e dopo tre mesi due rocce mesopotamiche. Per noi la jolanda è un oggetto d'uso. Ci basta che funzioni bene e fine.

Per i maschi, invece, il walter è come l'automobile, l'orologio, il cellulare, uno status symbol da confrontare con quello degli altri per sentirsi fighi.

Comunque, se i maschi arrivano in palestra impreparati al duro scontro con i walter altrui, è anche un po' colpa nostra, che quando ci ritroviamo per le mani un fidanzato non tanto accessoriato lo rassicuriamo: "Nooo, tranquillo, sei ben proporzionato!". Bugiarde. Smettiamola di ingannarli, e al fidanzato con un walterino mignon diciamo: "Amore, io ti amo e per me il tuo pirillo è perfetto, ma ti prego, non iscriverti mai in palestra. Lascia perdere. Piuttosto compriamo la cyclette, ma non fare mai, mai, la doccia con nessuno. È meglio. Toh. E mettiti 'ste mutande a righe orizzontali che allargano".

Il lato B di Bolle

Parliamo di Bolle. Non è una malattia della pelle. Roberto Bolle, il ballerino, l'étoile, il Pelé del sospensorio. Si è esibito al San Carlo di Napoli in una nuova versione della *Giselle*. E sai come la fa? Nudo. Balla nudo. Oltre al lato B, Bolle ci mostra il lato A. Non che il lato B facesse schifo, c'ha delle natiche, Bolle, delle chiappe di Gore-Tex con dentro la materia di cui sono fatti i diamanti, che sembrano incollate fra loro con l'Attak. Bolle ha un culo che sembra una mensola, sopra ci puoi mettere anche le piante grasse. Insomma, Bolle, all'ultima scena, vedendo Giselle morta, per la disperazione si spoglia nudo, fa il plié e il plissé col walter déshabillé. Non si capisce perché. No, perché tra tutte le cose che poteva fare, quella era proprio l'ultima. Poteva farle la respirazione bocca bocca a 'sta Giselle, strapparsi i capelli, prendersi a scudisciate, provare a resuscitarla con gli elettrodi come Frankenstein. No. Lei è morta? Perfetto. Tiro fuori il pirillo. Mi metto a sventolare il corredo da bollito. Ma vi pare? No, dico, capirei se fosse stato *Il flauto magico*, *L'uccello di fuoco* o *La cavalcata delle Valchirie*, papaparampampà, ma *Giselle*? Se fai l'avanguardia ci sta, puoi anche danzare con una carota nel... e nessuno ti dice niente, ma se fai *Giselle*, che è la tradizione, perché devi mulinare le balle, scusa...

Pensa come sarà contenta la ballerina, che non se la caga nessuno. Che la protagonista di *Giselle* è Giselle, mica il principe! Lei avrà studiato quindici anni, con i calli sui piedi, i sovraossi, finalmente la chiamano a fare *Giselle* e le piomba sui maroni Bolle che tira fuori il merlo rosa... E così guardan tutti lui. Poteva entrare pure Brunetta e fare la morte di Giselle bevendo il Sole Piatti e non se ne accorgeva nessuno. Tra l'altro, pensavo, sarà anche difficile ballare con tutto 'sto ambaradan all'aria... È come portarsi dietro un gatto in bici, dà più fastidio che aiuto. Per dire, il David di Michelangelo nudo fa il suo figurone, ma sta fermo sul suo piedistallo. Se ne sta lì, morto come la morte del cigno, non in élévation. Che poi non lo puoi usare neanche a fare il jeté, la randonnée, il pas de deux e il caprice des dieux. Fai una pirouette e si mette a ruotare come la roulette... Gli amici di maria uguale. Quelli ballano per conto loro. Lui balla da una parte, gli altri ballano dall'altra, un balletto nel balletto. Comunque, nonostante quelli del teatro si fossero raccomandati di non fare riprese con telecamere, nel momento clou in cui Bolle ha fatto volteggiare nell'aria il croissant hanno tutti sfoderato il telefonino ed è partita una scarambola di flash che momenti l'acceca. L'aurora boreale. Le luci di Las Vegas. E adesso sarà pieno di trofie che l'avranno come sfondo del telefonino, quando lo riaccendono: piripiri... piripiri... piripiripi... e... paf... le balle di Bolle.

Il chihuahua volante

L'avete sentita la fantastica storia del chihuahua volante? No? Allora ve la racconto io.

A Detroit è volato via un chihuahua. Una cagnolina di otto mesi, Tinkerbell, che tradotto sarebbe Campanellino (la fatina volante di Peter Pan, volante, appunto...), è stata portata via da una folata di vento. Ha preso il volo, partita come un aeroplanino di carta. Un calabrone gigante. Un sacchetto della Coop durante una tormenta. Una cosa è sicura: che i padroni non l'avevano al guinzaglio, se no, al massimo, faceva l'aquilone. Deve essere stato orribile, povera cagnina... Ma avete idea di cosa vuol dire volare per un chilometro perché sei grossa e pesi come un barattolo di pelati vuoto?

A 'sti poveri chihuahua gliene capitano sempre di tutti i colori. Se dormono sul divano arriva il balengo che... prat! gli si siede sopra. Metti poi che è uno di quegli omoni col sedere che sembra un baule, c'è rischio che il cagnolino gli resti fra le pieghe e poi lui vada in giro con la testa di un chihuahua che sembra uscire dal... no, per dire. O il chihuahua che gira per casa tutto allegro, più gente c'è più trullo sta, fino a che... prac!, gli arriva un 46 a pianta larga sul groppone che lo spiana. Lo so, è triste, ma fa troppo ridere. Bisognerebbe farli sonori, i chihuahua. Come i babaci di gomma dei neonati, che quando li schiacci fischiano. Peeeett!!! Perché, ora come ora, se li sgnacchi, vista la cassa toracica che si ritrovano, gli togli tutto il fiato e non riescono neanche più a protestare. In più sono piccoli ma non lo sanno. Credono di essere cani normali, ma son dei topi grassi. Dei criceti sovrappeso. Delle quaglie obese. Tocca che qualcuno glielo spieghi. Magari uno psicologo, Crepet, che riesce a dire le cose con bel garbo... No, perché loro son convinti di essere dei mastini napoletani, dei doghi argentini, per cui tengono il testolino dritto, le zampette larghe e i nervi del collo tesi come quelli di Pappalardo. E come se non bastasse berciano come sirene, peccato che sembra che squittiscano. L'altro giorno ne ho visto uno che voleva fare pipì su un paracarro e si è slogato l'anca. Ha tirato su lo zampino e... trac, è rimasto divaricato come un compasso.

Comunque è successo questo. Tinkerbell era uscita a fare la pipì con i suoi padroni, una coppia di settantenni che vivono vicino a Detroit, e una raffica di vento particolarmente forte se l'è portata via. I suoi padroni l'hanno vista sparire all'orizzonte, come una foglia d'acero. Come una piuma di tortora. Un palloncino gonfiato a elio. Poi, cerca che ti ricerca, dopo due giorni l'hanno ritrovata. In un bosco, a più di un chilometro di distanza, perché la folata di vento le aveva fatto attraversare l'autostrada. L'hanno trovata lì. Come una buccia di banana. Spiattellata sotto un faggio. Piantata di testa in un cespuglio di fragole. Infilata a spiedino su un asparago selvatico. Un po' ciancicata ma viva.

Volevo solo dare un consiglio ai padroni. Adesso, quando la portate fuori, e lei si ferma a far la cacca, datemi retta: mettetele una pietra sopra per tenerla ferma. È chiaro? Come si fa con le tovaglie nei picnic.

Speriamo che sia gay

È arrivato il primo deodorante da giacca. Sì. Un deodorante che si spruzza direttamente sui vestiti. Nella pubblicità si vede un signore che alza il braccio e, frrrt, si nebulizza lo spray sull'ascella del doppiopetto. Pensa che afrore. Come le cimici che se le schiacci tanfano. Un odore forte e intenso con qualcosa di criminale. Capite? Mettersi il deodorante sulla giacca è come farsi il bidet coi pantaloni addosso. Dovrebbero farne anche uno che si spruzza sui calzini invece di cambiarli. Così se hai due ratti morti al posto dei piedi ti spruzzi e via. Due cespugli di pitosforo. E anche uno per le mutande. Quando anelano una bacinella d'acqua come beduini nel deserto, un colpo di spray e via, libero e bello col derrière che sa di salvia...

Altra bella notizia. È confermato. Clooney e la Canalis sono ancora fidanzati. E come se non bastasse forse si sposano. Arghhhhhhhhhhhhhhhhh!!!!!!!!!!!!! Io non ho niente contro Elisabetta, beatissima lei, ma io dico... George? Volevi cercarti una fidanzata italiana? Ma prego. Bravo. Però non fermarti alla prima, buon uomo, guardati un po' in giro, fatti due vasche in centro, non si sa mai... Io parlo a nome di tutte le donne italiane che lo so che quando hanno letto la notizia hanno detto: "No. Non ci credo. Non è possibile. La Canalis con Clooney no. George non me lo doveva fare". E io, a nome di tutte le donne, voglio dar voce allo strazio, al lamento, al gemito, alla dolorosa protesta. Voglio riportare qui, come fosse scritto da un'unica voce, il commento della donna italica davanti alla triste notizia. Titolo: *George Clooney forse si sposa con la Canalis*. Lamentazione: "Ma porca di quella mannaggia di una eva zozza di quella sfiga d'un boia nero di una miseriaccia schifa, ma dimmi te di un accidente frusto di un boia cane ladro maiale e fetente, di un minchia e straminchia che lo sapevo che andava a finire che prima o poi si ficcava con una che mi viene una rabbia che spaccherei non so cosa, guarda. Che non riesco neanche più a parlare dal nervoso, che mi viene su la saliva e mi mangio perfino le parole, porca vacca. Che ho la vena del collo che balla il merengue. Che ho le ascelle così calde che sparano vapore come i ferri delle tintorie... Che c'ho la minima a centottanta... a pensarci solo... solo a pensarci... Roba da dare la testa al muro finché non sanguina, porca di quella oca randagia di un lurido mondo storto che va sempre tutto dove non deve andare, mannaggia mia e tua, che sempre alle altre deve andare di culo? Perché di culo si tratta, di poderoso culo, perché capisci, lei doveva andare proprio lì, nel mentre andava proprio lì anche lui, per incontrarsi! Mai mai mai una volta invece, per quella merda che ci gira sempre sulla testa, che toccasse a me. No, vacca di quella sfiga è toccato a lei. E speriamo davvero che sia gay".

Gaul Jal

In India hanno deciso di produrre una bevanda nuova, una roba solo indiana, un'alternativa alla Coca-Cola o alla Pepsi, e che oltre a essere buona e dissetante sarà anche curativa. Questa bevanda si chiama Gaul Jal, che tradotto sarebbe "acqua di mucca". E la Gaul Jal non è, come si potrebbe pensare, un siero di latte, un succo di ricotta, un tè ricavato mettendo la mucca in infusione in una piscina di acqua bollente. E neanche una deliziosa bevanda ottenuta facendo sudare la vacca su un tapis roulant. È pipì. Semplice urina di mucca imbottigliata. La Gaul Jal è urina di mucca in lattina. In India bevono la pipì. Fa veramente schifo, ma è così. Adesso, chissà, faranno le pubblicità come da noi? "Il pisciatino biondo che fa tremare il mondo!", "L'urinissima che fa benissima!", "Purissima... freschissima... piscissima...". Se pensi che la Rocchetta ti fa fare tanta plin plin, figurati la Gaul Jal.

Non credo sia gasata all'origine. No, perché Coca e Pepsi sono gasatissime, ti fanno lacrimare gli occhi, venire lo stomaco a zampogna e fare dei rutti che ti trema l'elastico dei collant. Magari la gasano in un secondo momento, mettendo la mucca in pressione, come la birra. La cosa positiva è che secondo me gli indiani non avranno neanche problemi di produzione. Avete mai visto una mucca far pipì? C'è da rimanere strabiliati dalla quantità di roba che scende giù da quel bucone: un fiume, una fontana di Trevi, la cascata delle Marmore, le rapide del Colorado, il delta del Danubio, l'estuario del Rio delle Amazzoni in un giorno di pioggia. Una risorgiva. Vedere una mucca che fa pipì fa parte delle meraviglie della natura. Zampe larghe, retrotreno al vento, occhi fissi rivolti al futuro e tanta voglia di stupire. Con una mucca sola, faranno minimo una cassa da sei bottiglie da un litro e mezzo ogni minzione.

Comunque per l'India non è strano. Lì da loro è normale aggiungere a bevande e a cibi tradizionali un pochettino di urina o feci di mucca, esattamente come facciamo noi col dado. Perché per gli indù la vacca è sacra e dell'animale sacro è sacro tutto, cacca compresa. Come quando da noi le mamme guardano beate il pannolino del figlio e dicono: "Popò santa!". Però almeno non la mangiano. Invece gli indù più osservanti ogni mattina si purificano con un bel bicchiere di urina di mucca. A colazione, al posto della spremuta di arance. Quel che si dice cominciare bene la giornata. Per forza poi sono nervosi e danno fuoco alle chiese cattoliche. Chissà se negli autogrill delle autostrade indiane fanno il menu colazione. Caffè, una media di Gaul Jal e cornetto al letame di mucca bello caldo appena sfornato.

Tornando a noi. Solo un piccolo avvertimento per chi va al ristorante indiano. Occhio. Vista l'aria che tira, se vi offrono l'aperitivo della casa, ed è giallino, evitate. Potrebbe non essere cedrata.

Viagra o calcestruzzo

Due notizione pazzesche. La prima. Veronica e Berlu non hanno ancora trovato una quadra. Eppure hanno fatto una quarantina di incontri al vertice insieme a due pullman di avvocati. Lei pretende tre milioni e mezzo di euro di alimenti al mese. Non sarà un po' poco? Tocca chiedere alla Caritas se le dà una mano. Devo recuperare il numero delle Dame di San Vincenzo e segnalare il caso. No, ma dài. Tre milioni e mezzo di euro al mese di alimenti? Minchia... E quanto mangia? Cuoce la pasta nel liquido delle lenti a contatto? Invece di tirare l'acqua butta via il water tutte le volte?

Seconda notizia. Franco Califano, il nostro mitico Califfo, ha confidato un fantastico segreto a "Diva e Donna". A parte che fa già ben ridere l'idea di "confidare un segreto" a "Diva e Donna". Non è che sia l'organo ufficiale dell'Intelligence... Comunque, il segreto sarebbe che a settantadue anni Califano non ha bisogno del Viagra. Ce la fa. Je la fa. Bene, perché è una cosa che ci domandavamo tutti. Non si parlava d'altro, da anni. Tutti a chiedersi: "Ma Califano, secondo te, prende il Viagra oppure se lo rinforza col calcestruzzo?". Niente. Il suo walter è più arzillo di Veltroni. Amen.

Sia resa lode ai corpi cavernosi del Califfo. Secondo me lui non avrà mai bisogno di coadiuvanti per il walter; se mai, con l'avanzare dell'età, semplicemente non saprà più bene a che serve, ecco. Si guarderà sul davanti e dirà: "Cos'è 'sta roba qua? L'attaccapanni per l'accappatoio?". Tra l'altro tocca capire se le sue performance le fa con coetanee o a smuovergli l'attrezzo servono escort trentenni. Perché a fare a meno del Viagra con una gnocca sono buoni tutti, ma se ci riesci con la coetanea allora sì che sei un eroe, Califfo.

Ma mai un eroe come il signor Jonah Falcon, un newyorchese di quarant'anni che ha una dote strabiliante: è il possessore del walter più lungo che esista al mondo. Lo sfilatino dei record. Volete la misura? Ve la dico in metri, chilometri o ettari? La dico in iarde? Levatevi quella faccia da cocorite senza piume. Il suo walter misura, irto come le tre cime di Lavaredo, la bellezza di 34,29 centimetri. Va bene anche per girare la polenta. Se nuoti a dorso fa da timone. Vi dico solo che una bottiglia normale di Barbera è alta trenta centimetri. Solo questo dico.

Se foste interessate all'articolo c'è la foto su Internet con lui seduto, le braccia dietro la testa e una specie di paraspifferi infilato nel pantalone di pelle. Il problema è che Falcon e il suo capitone non riescono a trovare lavoro. Jonah è disoccupato. Dice che a parte intervistarlo e misurargli il lampione, nessuno gli offre niente. Lui vorrebbe fare l'attore, ma non di film porno. Anche tu, Jonah, cosa vuoi fare con quella roba lì? Il podista? Ti inciampi dopo un metro. Il ballerino? Ti ci vuole la conchiglia di Polifemo e se stai sulle punte ti sbilanci in avanti. Puoi fare la boa da ormeggio ai porti, o se no giocare a baseball, usandolo come mazza. Una bella disgrazia, va là... No, perché anche una donna di quel mostro di Loch Ness lì cosa se ne fa? Lo arrotola come la prolunga della corrente, come un gomitolo di lana mohair. È un po' come avere in casa un De Chirico, non ti stancheresti mai di guardarlo, ma mica lo adoperi per qualcosa. Lo guardi, fai: "Parbleu!" poi giri i tacchi e te ne vai...

Fini è diventato comunista

Altra bella notizia: Fini è diventato comunista. Una trasformazione tipo *L'esperimento del dottor K,* solo che lui invece di trasformarsi in un moscone sta diventando come Pannella. Ci manca solo che faccia gli scioperi della fame e che vada a vendere la marijuana fuori da Montecitorio. Ha persino ricevuto le associazioni degli omosessuali. Fino a poco tempo fa li avrebbe convocati per menarli, adesso pare che abbiano quasi ballato il tango insieme. Prima non voleva che gli omosessuali facessero i maestri, oggi li vuole fare tutti rettori di università. Pare persino che voglia fare un'interpellanza parlamentare contro la Disney. Sì, perché dice che la Disney ha fatto film su tutti: pellerossa, canarini, gatti, cani, colf, gobbi di Notre-Dame persino, ma non ha fatto mai uno straccio di storia sui gay. E tra l'altro la Disney un titolo ce l'ha già. Basta cambiare la P con la F e invece che Pinocchio viene Finocchio. La storia di un ragazzo che sta con un uomo più grande che fa l'artigiano e finiscono tutti e due in culo alla balena. Una storia tipo Povia.

Comunque i politici si stanno trasformando, quelli di destra dicono cose di sinistra e quelli di sinistra dicono cose di destra. Fra un po' vedremo Bondi coi dreadlocks che si fa i cannoni e Bersani che va a fare Miss Padania. Ma io non mi fido. Loro fanno le metamorfosi, da bruchi in farfalle, da farfalle in bruchi, ma è sempre la nostra, la farina della polenta dove ravanano... Forse si saranno accorti che la verità sta quasi sempre nel mezzo. E quindi stanno tentando di raggiungere il baricentro. Se notate, in effetti anche la natura punta al centro... Le cose belle dove le abbiamo, scusate, a parte Casini dico, se non a mezza via? Il Creatore non c'ha messo il walter dietro l'orecchio come fa il salumiere con la biro, o la jolanda sul ginocchio. Li ha messi in mezzo. Così che, mentre uno fa del chupa, può abbracciare e baciare. Altrimenti per fare l'amore bisognava prendersi a testate sulle rotule.

Il reggiseno per maschi

È arrivato dal Giappone il primo reggiseno per maschi. Avete capito bene. Il reggiseno per maschi è praticamente un reggiseno uguale a quello che si mettono le donne, però per uomini. A cosa serve? A niente. Poi in Giappone, che neanche le donne ce le hanno le tette. Le giapponesi sono piatte come il Tavoliere delle Puglie, si possono addirittura faxare, se restano chiuse fuori casa passano sotto la porta!

Attenzione, poi. Il reggiseno per maschi non è per gli uomini che hanno le tette, che c'avrebbe anche una sua logica... Sai, perché agli uomini di una certa età gli spuntano le zizze, diciamolo. Gli vengono quelle due tettine tristi, quelle due perine madernassa, quelle due perette da clistere sul petto. Verso i quaranta, a voi mandrilli, quando vi chinate per tirare su i calzini, si formano due tette che la Bellucci se le sogna. Dimagrite e vi spuntano qui sul davanti due sogliole, anzi, due triglie, che son rosa. Poi dite: "Ho il pettorale un po' rilassato". Minchia, rilassato? Fate prima ad arrotolarle e dire che sono due involtini primavera.

Ecco. Questo reggiseno, dicevo, non è per gli uomini della tribù delle tette molli, bensì per quelli che stanno cercando la loro anima femminile: questo dice l'inventore del prodigio. Ancora 'sta anima femminile? Ma basta! Noi vogliamo un uomo che tiri fuori l'anima maschile, maledizione. Chissenefrega dell'anima femminile. Se siete nati col pirillo ci sarà un motivo, no? C'avete sfrantecato con 'sta storia della vostra parte femminile. Non ne possiamo più di vedere uomini che si spinzettano le sopracciglia, si mettono gli orecchini come Cassano o il cerchietto come Camoranesi. Uomini che si depilano, tutti Ponzi Depilati. I maschi di oggi son tutti senza peli come pesche noci. Ormai se trovi un pelo addosso a tuo marito è perché è di un'altra donna. Adesso vedrai che il reggiseno per maschi arriverà anche da noi. Ci toccherà vedere onorevoli in grisaglia con il push-up, bagnini in bikini, carabinieri in topless e avvocati penalisti in toga e tanga. Ma io dico: amico dei giorni più lieti, l'anima femminile la scopri se diventi un po' meno pantegana da discarica, se ti rotoli un po' meno nella fanga, se invece di grugnire parli. Non se ti metti il reggiseno, pistola!

Il direttore del negozio ha detto che appena messi in vendita, gli uomini han detto: "Wow, lo stavamo aspettando da tempo". Ecco. Che già se dicono "wow" proprio etero etero non sono. Diciamo che la loro anima femminile l'han già tirata fuori da un pezzo... E allora per par condicio, cari i miei Tokio Hotel, noi donne vogliamo un piegabaffi – che tanto ce li abbiamo! Io se non li tolgo sembro Che Guevara –, le mutande molli con l'apertura davanti e un paraballe. Toh. Per tirar fuori l'anima maschile che è in noi. E se non abbiamo niente da metterci dentro non importa. Ci mettiamo due kiwi. Così al pomeriggio li mangiamo per merenda.

L'uomo non erectus

Una novità medica. Una di quelle notizie che io anticipo e poi Mirabella sviluppa a *Elisir*. Lavoriamo in cordata, io e lui. Siamo come Berlusconi e Bonaiuti. Io dico una minchiata e lui dopo smentisce. Questa volta però è vero. Si tratta di una novità che riguarda voi ometti e il problema sollevamento attrezzo. Parlo dell'uomo non erectus. Del mollecantropo. Del possessore di eterna lumaca, del cardo che si fa spinacio, dello strudel che non lievita. Mi rivolgo a quelli che si stanno piastrellando da anni il fegato di Viagra, o che becchettano Cialis come le galline la meliga. D'ora in poi basta. D'ora in poi chi ha problemi di decollo del walter può farsi bombardare. Con cosa? Non coi raudi di Capodanno. E neanche con le arance come al Carnevale di Ivrea. Con gli ultrasuoni.

Un andrologo italoisraeliano, tale Yoram Vardi, ha fatto questa scoperta. Che se tu bombardi il walter con gli ultrasuoni, lui si risveglia. Tipo cane da caccia. Sapete che coi cani da caccia si usa il fischietto a ultrasuoni. Tu fischi e il cane tira su l'orecchio. Qui vale lo stesso principio. Suoni e lui tira su il... L'importante è non avere un segugio nei dintorni perché si crea confusione. Perché poi è un attimo chiamare il cane e trovarsi uno stantuffo nelle mutande o voler raddrizzare il cardellino e ritrovarsi circondato dai lupi della steppa. Come funziona? Tu, maschio, vai in ambulatorio e il dottore prende la mira e ti spara... Ti spara nei coglio... Certo devi un po' fidarti. Lì se l'operatore non è più che in gamba e dosa male esci che al posto del walter c'hai il traforo del Monte Bianco... Comunque, bersagliano cinque aree specifiche dei genitali. Io al massimo avrei detto tre: una sulla corsia centrale e due sulle navate laterali. Invece cinque. Si vede che sul perno centrale si insiste di più, e chi non ha molto spazio rischia di essere colpito sempre nello stesso punto. Guardate che fucilare il walter è già una cosa che... Lo benderanno prima? Perché non veda? Avrà un ultimo desiderio? Sì, diventare duro... Pensa poi i pazienti che escono di casa... "Dove vai?" "Niente. In ospedale a farmi sparare sui maroni..." A proposito, mi viene in mente una cosa. Maroni, se lo bombardano di ultrasuoni, diventa di due metri?

Tra l'altro questo trattamento serve anche per riportare sulla retta via. Ci sono uomini che nel mezzo del cammin di loro vita gli si storce. Suip, prende, come dire, una brutta piega. E in questo modo glielo rimettono in carreggiata. Amici che avete una svolta a U o anche solo una curva a gomito, che al posto del clarinetto avete un sinuoso sassofono, sappiate che con gli ultrasuoni ve lo rimettono in bolla.

Carta igienica firmata

Jamie Spears, padre della famosissima popstar Britney Spears, ha le palle in giostra. Gli girano come quelle del gioco del lotto. Frrrrr... Perché? Perché ha dovuto sequestrare alla figlia tutte le carte di credito. Come mai? Perché oltre a spendere e spandere in vestiti, in profumi, balocchi e svariatissime minchiate, la sua equilibratissima pargoletta Britney è riuscita a spendere duemilacinquecento dollari per una fornitura di carta igienica firmata Louis Vuitton. Capito? Tra l'altro in un mese. In un mese ha speso la bellezza di duemilacinquecento dollari, più di millesettecento euro, in carta igienica firmata Louis Vuitton.

Io per quella cifra lì voglio che venga Louis Vuitton in persona a casa mia tutte le volte che evacuo e invece della carta usi la borsa sacco dell'omonima marca: "Din don, bonjour je suis Louis Vuitton, pardon, vous avez déjà caghé ce matin? Pas encore? Très bien, defeché dans le sac s'il vous plaît...". No, perché, scusate, duemilacinquecento dollari al mese... Calcolando una media di una seduta al giorno, sono trenta, come le vogliamo chiamare?, tarte tatin mal contate; duemilacinquecento dollari diviso trenta sedute sono ottantatré dollari l'una! Secondo me se al posto della carta usi dei foulard di Hermès spendi meno. E prima di usarlo lo puoi anche mettere per uscire. Bisogna solo dire alla Britney di stare attenta a non metterlo dopo... ecco. Sapete che è sempre un po' ciucca. Oltretutto è anche un gran danno ambientale. Perché pare che per ottenere la carta igienica soffice, morbida, e nello stesso tempo resistente, che non ti si sbrindelli tra le mani che poi lì sono guai grossi, sia necessario abbattere milioni di alberi. E non solo. Per trasformare in fibra il legno degli alberi ci vuole pure un sacco di acqua. Capite lo spreco? La soluzione ideale c'è. E sarebbe usare carta igienica con almeno il venti per cento di materiale riciclato. Solo che c'è un problema: LA GENTE NON LA COMPRA. E sapete perché? Perché non è abbastanza morbida. Con la carta igienica riciclata non ti sembra di accarezzarti il derrière con una piuma di cigno o con un morbido fazzolettino di seta baciato dalla principessa. Con la carta igienica riciclata ti sembra di usare un pezzo di carta igienica. CAPITE CHE PROBLEMON? COME DIREBBE LOUIS VUITTON?

D'altra parte, se compriamo gli assorbenti ricamati a mano, quelli alle proteine della seta e quelli aromatizzati alla camomilla che cantano la ninna nanna alla jolanda, aspetto con ansia che facciano quelli interni con cordino a mo' di carillon che tiri e parte *La montanara*. Ora io vorrei solo ricordare che fino a non moltissimo tempo fa a questo scopo si usavano i giornali vecchi fatti a pezzi. Ancora quando ero bambina io, i miei, che avevano una latteria, avevano il gabinetto in cortile, dove trovavi "La Stampa" e "La Gazzetta dello Sport" a pezzetti. La tragedia erano le riviste, con quella carta lucidina che scivolava via. Di solito era "Famiglia Cristiana", spiace dirlo, ma mio nonno era abbonato... Nei gabinetti dei bar, invece, usavano al posto della carta igienica le schedine del totocalcio. Vi ricordate? Che slittavano come i bob a due a Cortina. Adesso invece ci siamo evoluti, abbiamo migliaia di tipi di carta igienica: c'è quella a tre, quattro, dieci veli, quella salvaspazio, quella a fiori, quella con la filigrana come le banconote, quella con stampate le barzellette, quella alla camomilla che fa addormentare le chiappe, e il rotolone gigante millestrappi che non sta nemmeno nel portarotoli perché è lungo come la Salerno-Reggio Calabria. Manca il rotolo a motore che arriva da solo quando è finito l'altro. Così non vai in giro con le brache a mezz'asta camminando come il gobbo di Notre-Dame! E provare a farne un tipo con le ortiche? Ce ne sono tante, non costano, e poi esci dal bagno con quella bella energia, "frenetico" e al passo coi tempi.

Quella è una che ce l'ha quadrata

Tornano di moda le ristrutturazioni. È un periodo che si ristruttura a manetta. Però la novità è che non si ristrutturano solo gli appartamenti. Si ristrutturano anche le jolande. Ebbene sì. È partita 'sta moda qua. Molte signore e signorine in America, Europa e anche in Italia se la fanno rimodellare, fanno la plastica alla jolanda. "Perché?" mi chiederete. Non si sa... Perché così com'è non piace, perché è sciupata, perché non sanno come spendere tremila euro, non lo so. Fatto sta che se la fanno rifare. Non so se chiamino un architetto, se questo faccia prima un sopralluogo e dopo un preventivo. I medici, comunque, sconsigliano perché, dicono, a mettere mano lì, soprattutto se lo stabile è, diciamo, d'epoca qualche rischio c'è. Di recidere qualche terminazione nervosa che permette l'enjoyment. Il divertissement. Come nelle case vecchie, d'altra parte, che a buttare giù i tramezzi rischi di bucare il tubo dell'acqua o fare saltare l'impianto, tirare giù un muro portante e poi ciao, la garanzia è scaduta e le istruzioni chissà dove le hai messe.

Ma io dico, PERCHÉ RIFARSI LA JO'? Per i maschi? Ma se quelli non si accorgono nemmeno che abbiamo fatto i colpi di sole! Ragazze, vi prego, quando il maschio arriva lì non sta a guardare le rifiniture. Non nota se la targhetta del citofono è in ottone, se la gronda è in rame martellato o se sul tappetino c'è scritto SALVE. Quando arriva lì ha la leggerezza di un cinghiale con la coda in fiamme. Il garbo della iena che dissotterra un osso. Figurati a 'sto missile rosa cosa gliene frega di un risvolto raglan o del volant che volta a nord piuttosto che a est. Quello entra, si sistema e dopo un po' esce. Fine. Invece no. Le madame se la fanno rivoltare come la pelliccia di lapin. Se la fanno lastricare in cotto toscano. A 'sto punto, chi proprio vuole rifarsela, potrebbe puntare su qualcosa di nuovo. Basta con questa eterna forma a pagnottella, a meringa e vol-au-vent, basta con questa crepa nei bassifondi! Adesso è una specie di custodia per gli occhiali, lunga e stretta, una buca delle lettere e, soprattutto, ce l'abbiamo tutte più o meno uguale. Voglio dire, capelli, occhi, tette, gambe, possiamo diversificarli al massimo, e invece la jolanda è modello unico. Perciò, già che te la rifai, almeno fattela diversa... Prima di tutto orizzontale, tipo mangiadischi. E fatti mettere la clitoride fosforescente che la trovi anche al buio. A me piacerebbe a casetta per uccelli. Col buco rotondo e il tetto spiovente. Ma anche solo metterle dentro una ruota per criceti, tipo luna park, oppure cambiarle forma. Basta con 'sto taglio a V? Facciamola QUADRATA. Tra l'altro potrebbe diventare anche un modo per definire le donne toste. Adesso si dice: "Quella è una con le palle", espressione che ho sempre trovato bruttissima. Invece potrebbe prendere piede: "Quella è una che ce l'ha quadrata".

Carmela e i tronisti di Maria

Bruno Vespa ha scritto un libro. Che gioia. Mi viene da fare i salti mortali, le capriole. Compriamolo subito tutti, vi prego, perché se no quello lì ci frolla come la cacciagione. Ci fa due balle come quelle dei tori da corrida. Due melanzane viola da caponata. Compriamolo, vi scongiuro, che se no poi ce lo ritroviamo a far la promozione anche da Tonio Cartonio alla *Melevisione*. Lo troviamo che ce lo spiega vestito da farfalla al posto del logo RAI o che ne parla con un fermento lattico in un documentario del National Geographic. Appello: Bruno stai sereno. Lo compriamo tutti. Non andare a *Uno mattina*, dormi. Quello è capace che fa la promozione su Autostrade per l'Italia punto it in mezzo alla Milano-Roma sventolando il libro tra i TIR. Sono notizie che non ci dormi la notte.

Siamo un mondo di pazzi. Ci sono mille segnali. Adesso, per esempio, vanno di modissima i giornali di gossip. Non è una novità, agli italiani è sempre piaciuto farsi i fatti degli altri. Però ora le riviste di gossip sono triplicate. Il bello è che hanno dei nomi balenghi tipo: "Beltivvù", "Bellalì", "Belbaluba", "Stop e scop" e soprattutto parlano di gente sconosciuta. Giornali interi che ce l'hanno con gente che non si sa chi sia. Ma io dico: un conto è sapere cosa fa la Marini, quanto misura il suo tanga per percorrere in verticale il suo panarone, ma che Giulia Pelafico lasci Ursus e Patty Lupone sia di nuovo incinta... cosa ce ne può fregare? Contando il fatto che manco sappiamo chi siano? Ma li avete visti i titoli? *Lello Preto corteggia Giorgia Cupiu.* Ma chi sono? Non ne conosco uno. Foto un metro per un metro e sopra la scritta: SCOPPIA LA PASSIONE FRA MARILENA STROZZAMERLI E JOHN STAMBECCO. Giro pagina ed ecco un'intervista esclusiva con Emy Bergamo. Io mi scuso con lei, se mi sta leggendo, ma non so chi sia Emy Bergamo. La vedo che è un gran pezzo di ragazza, sdraiata per terra in posa da miciona, però mi chiedo: "Chi sei tu? Come mai mi informano dei tuoi amori? Esci da un reality? Stai per entrarci? Sei a metà?".

L'altro giorno ero dalla parrucchiera e ho letto la seguente notizia: *Anche Carmela ha trovato l'amore.* E voi mi chiederete: Carmela chi? Quale Carmela? Di quale Carmela si sta fottutamente cianciando? Bene. Anch'io me lo sono chiesto. E allora sono andata avanti a leggere l'articolo e ho scoperto che si tratta della ex moglie di Gigi D'Alessio, che si è fidanzata con un tronista di Maria De Filippi. Ve ne frega? Vi scuce qualche piega? Siete già lì che fremete di sapere o ve ne impippate regalmente come me? Perfetto. E invece a qualcuno importa. C'è chi paga un euro e mezzo per sapere i fatti di gente che, sono sicura, neanche conosce, di disgraziati che non ha idea di cosa abbiano fatto oltre a prendersi e a mollarsi. Qualcuno spende dei soldi per comperare un giornale che lo informa che Carmela ha trovato l'amore. Roba da non crederci. A parte il fatto che mi piacerebbe sapere quanti diavolo, quanti cavolo, quanti minchia e straminchia sono i tronisti di Maria De Filippi. Ci sono più tronisti di Maria che tulipani in Olanda. Più tronisti della Defilippa che gente che fa pipì all'Oktoberfest. Secondo me sono sempre gli stessi tre o quattro tronchi di pino col sopracciglio tagliato e il pantalone pieno. Tre o quattro balenghi con la faccia che un po' sembra feroce e un po' scolpita nel budino. Mezzi angeli e mezzi pirla. Magari mi sbaglio. Forse invece sono decine e si moltiplicano per talea. Chissà.

Mi rivolgo agli editori di questi giornalini: me ne fate scrivere un numero a me? Io mi diverto e voi risparmiate. I nomi e le notizie me li invento. Le foto le mettete poi voi a piacere. Sentite la prima pagina se va bene: *Scoop! Leto Mannaggia schiaffeggia Pina Berlica in via Moncalvo! Cosa si nasconde dietro questo ennesimo litigio? Forse la passione di Leto per la bella Taffanari?* Oppure: *E questa volta ci siamo! Scoperti su una spiaggia di Tropea Mariangela Pipa e Saverio Colamuco: colti a prendere il sole coricati sul chihuahua di Saverio. Che fine ha fatto Priscilla Gong? Le piacciono le donne? Avvistata sulla Mole in dolci effusioni con Giacometta. Sensazionale! La bella Milly-Molla lascia Vic Storpiosi per mettersi col nuovo valletto di* Ciao le balle, *il nuovo reality della bravissima Chiquita Patun*. Assunta?

La fuga dei minchioni

Altro che futuro e modernità. Qui siam sempre al pian dei babi. Come per la storia della ricerca. E la ricerca di qua e la ricerca di là... Sempre lì che ti fan vedere uno che tira fuori un'ampollina dal ghiaccio secco e la sbircia. La rimira. Punto. Arriva uno, tira fuori dal contenitore un'ampolla che fuma di freddo come i filetti di platessa quando li tiri fuori dal freezer e la guarda. Va bene. Amore? Guarda pure nella provetta, guardare è sempre una bella cosa, ma dopo andiamo avanti però. "Grazie ai soldi per la ricerca fra vent'anni sarà sconfitto questo e fra vent'anni sarà sconfitto quell'altro" e minchia! Vent'anni sono vent'anni! Amici della recherche? Sapete nel frattempo quante altre malattie ci vengono? Vogliamo darci una mossa, cortesemente? No, perché intanto noi paghiamo. E i cervelli importanti ci fuggono all'estero.

Avete letto del primo trapianto di trachea fatto da un medico italiano? Dottor Paolo Macchiarini si chiama. Un vero geniaccio. Sui cinquant'anni, un bell'uomo, una via di mezzo fra Clooney e Iacchetti. No, lo dico perché io me lo immaginavo con le orecchie a punta come il signor Spock e tutto corrugato sulla fronte, visto che ha fatto un'operazione che è pura fantascienza. Ha preso la trachea di un donatore, l'ha caramellata con le cellule staminali della paziente dentro un bioreattore e poi gliel'ha messa su. Tutto questo dove? Essendo un medico italiano in un ospedale italiano, forse? Ma certo che no. In Spagna. E perché? Perché quando è stato il momento di fare il concorso in Italia al Macchia gli han detto subito che tanto non l'avrebbe mai passato perché c'aveva davanti un raccomandato. Siamo alle solite. Scappa un cervello, trapianta una trachea e noi la pigliamo in quel posto. Tre organi coinvolti. Noi siam fatti così. Appena abbiamo uno con un QI superiore alla media lo lasciamo emigrare come le anatre mandarine. In Italia abbiamo un potenziale di talenti, di prodigi, di menti eccelse. Gente capace di ricostruire pilori di linoleum, chirurghi che da un cucchiaio di midollo invece del risotto alla milanese fanno ricrescere un polmone, biologi che da una goccia di sudore di macaco sanno tirare fuori il vaccino per il morbo del cuccumerlo, e i raccomandati in Italia gli fregano il posto. Noi ci teniamo le teste di legno che non emigrano mai.

Facciamo una roba. Costituiamo un fondo. Ma non per la ricerca, un fondo che serva a finanziare i raccomandati. Noi li paghiamo. Li paghiamo perché se ne vadano via. Quanto vuoi per andare fuori dalle balle? Trecentomila euro? Toh, pedala. Guardate che alla fine ci guadagniamo, sapete? Per dire. Gli facciamo anche l'esame col prof che gli chiede: "Mi parli di lei". "Io, guardi, sono figlio di primario o di politico, non so fare una mazza, voglio solo un posto dove grattarmi le ginocchia per tutta la vita." Bravo! 110 e lode. Vince un soggiorno in Micronesia per trent'anni tutto pagato. Così finalmente l'Italia diventerà famosa invece che per la fuga di cervelli per la fuga dei minchioni.

Due donne e un pennello

Un plauso vero all'ideatore della nuova pubblicità della Saratoga, quella del silicone sigillante. Allora, io capisco che i creativi della pubblicità quando è arrivato il signor Saratoga a chiedere di fargli uno spot sul suo sigillante si saranno sentiti le balle in gola. C'è stato un esodo generale. Sono passati tutti sotto le porte come i ragni. Perché con un sigillante, cosa ti inventi? Cosa fai? L'arca di Noè che perde, Noè che sigilla, le capre e gli gnu che fanno la ola? Un ministro che sigilla l'idromassaggio di una beauty farm piena di bonazze dicendo: "E con Saratoga, niente più fughe, solo più fi..."? No. Tra l'altro questa volta si pubblicizza una vernice.

Lo spot comincia facendo vedere una gnocca su un terrazzo che vernicia. Che cosa? La ringhiera? Un dondolo? No. Una gabbia. Un gabbione enorme che non si capisce cosa vogliano metterci dentro. Uno struzzo? King Kong? Un avatar? Comunque, posto che una sul terrazzo abbia una gabbia alta due metri, questa qua come vernicia? Vestita di bianco e con un giro di perle. E lo fa in compagnia della cameriera, che vernicia pure lei, ma in piedi su una sedia, con un gambino all'insù, le autoreggenti e i tacchi a spillo, e che più che essere una brava imbianchina fa presumere di avere altri talenti. Anzi, è fin strano che il pennello lo tenga in mano e non coi glutei perché, a questo punto, ci poteva anche stare. Comunque. Mentre 'ste due ammiccano come due viados in cerca di clienti, arriva lui. Il pezzo forte dello spot. Un gargagnano con la vestaglia blu che guarda 'ste due mentecatte, e dice l'unica cosa pirla che poteva dire: "Cosa state facendo?". Si noti che son tutte e due lì che spennellano, tra l'altro di verde cravatta di Cota. Non è che puoi sbagliarti e pensare che stiano facendo le costine alla griglia. E lei, la moglie, invece di rispondergli: "Cosa minchia vuoi che stia facendo, con un pennello e la vernice, mungo i tori?", gli risponde con un sorrisino da *Gioconda*: "Sto verniciando e Giovanna mi aiuta...". E lui: "Brava, Giovanna, brava..." con la faccia di uno che vernicerebbe Giovanna ma non col Saratoga, e sfregandosi il mento con il pollice come un tronista di Maria. Finale: primo piano sulla serratura, dettaglio del buco.

Ora. Mi rivolgo ai creativi di questa pubblicità, da uomo a uomo, muso a muso, tête-à-tête, tetta a tetta, come dicono i francesi. Qual è il messaggio? Che i lavori migliori sono quelli che si fanno sopra una scala, così gli uomini possono guardarti il derrière? Che ne dite di provare una volta, solo per sfizio, a fare una pubblicità senza le donne nude, mezze nude o smutandate? Lo so, per voi è impossibile perfino immaginarlo, è come dire a un merlo di andare in bici e convincere un delfino a nuotare a rana, è contro natura, però provateci. Certo, di fronte a un silicone, a una vernice, o, per dire, a un pelacarote la mente va subito alla jolanda, lo so. Ma potete anche scegliere di usare un cavallo, un'orchestra di criceti, dei fiorellini, un fungo parlante. Siete persino riusciti a fare la pubblicità alle caramelle con un delfino e un pirla, la fantasia non vi manca.

L'unione delle patte

Putiferio nel mondo ecclesiale. Segnali di Apocalisse mondiale per via delle parole dette dal Bertone Bertoldo in merito ai casi di pedofilia nella Chiesa. Tarcisione ha detto che fra celibato e pedofilia non c'è relazione, mentre invece omosessualità e pedofilia vanno a braccetto. Ecco, tra le tante cose che poteva dire a discolpa della Chiesa è andato a trovare quella che era in grado di far girare le balle al più alto numero di persone. Tarcisione dovrebbe fare attenzione, e contare almeno fino a... seicento, prima di parlare. Io l'ho sperimentato su di me. A volte bastano due bei respiri e la minchiata non ti esce più... Comunque poi ha smentito, per fortuna. Ha fatto come le gemelle Cota e Zaia con la pillola.

Certo che ancora lì siamo? Ci sono dei preti che lasciano venire i pargoli a loro in modo sconveniente ed è colpa dell'omosessualità? Cosa vuol dire? Il pedofilo è un malato. Un malato grave da curare in fretta. Il gay no. Il gay sta benissimo. È nato finocchio e sta bene così. Cosa c'entra l'omosessualità? Un sacco di pedofili sono eterosessuali e padri di famiglia, lo sanno anche i bambini, anzi lo sanno soprattutto i bambini. Le peggiori schifezze avvengono nelle case, nelle famiglie all'apparenza normali, nel silenzio dei confessionali, perché allora se la prendono sempre coi gay?

Fatevene una ragione. I gay esistono. Sono una realtà, che lo vogliate o no. E si moltiplicano a vista d'occhio. Una volta si moltiplicavano i pani e i pesci, adesso si moltiplicano i Village People. C'è crisi delle vocazioni tra i preti, ma non tra i gay. La notizia, ormai, non è che un prete sia gay, ma che un gay si faccia prete. E dire che per i gay non c'è un processo naturale che gli permetta di riprodursi. È più, per dirla con parole della Chiesa, una vocazione, no? O un contagio, va' a sapere... Se vai a una festa e vedi uno figo, nove volte su dieci è finocchio. Se è racchio è etero. Sei sicura: vedi uno con le sue belle coscette magre ma piene, passo morbido e faccia da sparviero, tacchete, che batte bandiera corsara. Vedi un altro che si rosicchia le unghie, gamba cinghiala, raggiera di peli che escono dal naso tipo aureola e passo dello scimpanzé e stai certa che non è solo etero, è eteronissimo. Tu entri in qualsiasi ambiente, vedi il figaccione, capisci che è gay e ti strappi i collant di dosso dal nervoso. Ho visto più collant strappati ai party di Dolce & Gabbana che al mercato. Entri, lo scorgi, dici: "Anvedi...", poi ti guarda come Bambi e lo spumantino ti va in aceto.

Quanti secoli dovranno passare perché anche in Italia sia accettato il matrimonio gay? Se non piace la parola matrimonio, usiamone un'altra, patti di unione, unione delle patte, omo-omo, nozze di legno, basta non farla troppo lunga. Nei matrimoni tra omosessuali maschi, tra l'altro, io vedo finalmente, senza se e senza ma, un grande passo in avanti per l'umanità: perché uno dei due dovrà raccogliere da terra i calzini dell'altro, ti pare? Uno dei due, mentre l'altro guarda la tivù, dovrà far partire la lavatrice o mettere su il bollito...

Allegro ma non troppo

Qualcuno può mica far qualcosa per i canali di musica classica alla radio? No, perché a me ogni tanto partono degli sturbi che non finiscono più. Prima cosa: gli speaker, gli annunciatori, che hanno una voce che sembra uscita da una lapide. Una tristezza che viene dall'oceano. In programma quasi sempre brani di musicisti sconosciuti. Il novanta per cento sono ignoti. Mozart, Beethoven, Čajkovskij non li senti. Senti gente tipo: Gino Magnaboschi, Alain Mezzogatto, Anselmo Catafrangoli, Ursula Murfing, Carlo Maria Maria... gente che io non ho mai sentito nominare... anzi, forse non esiste. E gli annunci fan più o meno così: "Dal Coro della radio uzbeka trasmettiamo di Aldebrando Piragna *Sinfonia numero 32 bis*... Adagio, allegro ma non troppo, giusto un filo, rabadan, minuetto, bagatella, tromba de mar beleciuck". "Trasmettiamo ora di Ennio Pescepalla la *Sonatina in re minore Inverno a San Pietroburgo.*" Poi parte un liuto e un triangolo. Plin plon tric trac. Poi silenzio. Che tu dici: "Minchia, è già finito l'inverno a San Pietroburgo? Pensavo durasse di più". Poi riparte. Tric trac sdadang. E avanti fino a che il cane si mette a ululare: "Uuuuu...". Robe stridulissime che ti senti persino le orecchie che s'allungano, come Pinocchio quando diventa ciuchino. Un conto se siamo alle cinque del pomeriggio, un conto se la senti alle sette di mattina. All'alba avresti bisogno di qualcosa che ti tiri su, un Mozart per dire, non il plin prac di Penderecky. Mettimelo alla sera, che tanto ho già le balle in giostra per conto mio! Al mattino manda "Figaro qua Figaro là" che devo fare un sacco di cose. O quando dicono "Fuori programma..."? Che tu dici: "Oè, una botta di vita...". "Dall'opera *La Cigna morta* trasmettiamo l'aria *O mio bel pavon leva quella coda*. Registrazione del 1964, Montecatini. Sala degli specchi." Poi parte: frrrrrrrrrrrrrr... un fruscio micidiale, che tu pensi: "Ma non c'è più nessuno che l'ha suonata dopo 'st'aria?". Mettimi un disco meno rigato. Scusate. Ci prendiamo il televisore da otto milioni di pollici e poi dobbiamo sentire alla radio la tempesta magnetica?

Chiuderei con un pensiero solo alla *Marcia di Radetzky*. Quella del Concerto di Capodanno su Rai Uno. È possibile eliminarla una volta per tutte? Passi per *Sul bel Danubio Blu*, ma *La marcia di Radetzky* dove tutti gli austriaci battono le mani a tempo e ridono no. I casi sono due: o i viennesi fumano cannoni di Capodanno lunghi come trombe tibetane o è una risata isterica di sollievo perché la marcia è l'ultimo pezzo e poi vanno tutti a casa a mangiare krauti e Sachertorte. Cosa batti le mani cosa? Che poi Radetzky era anche un bastardo, non c'è tanto da battergli le mani... Com'è che adesso abbiamo 'sta abitudine, che battiamo le mani a tutti, da Radetzky a Di Girolamo?

Le jolande siamesi

Una ragazza inglese di trent'anni, tale Lauren Williams, ha confessato in un talk show di avere due jolande. Number two. Lauren ha le jolande siamesi, tra l'altro ciascuna collegata al suo bravo utero. E quattro ovaie. Tutto doppio. Lei dice che in fondo si è trovata sempre bene, l'unico fastidio è un ciclo di ventun giorni. E ti credo... Pensa che monsone! Dovrebbe prenderla la Lines come testimonial, per i nuovi Lines Lady Ultra Volanti con argini sopraelevati, e diga del Mose incorporata. La cosa pazzesca è che per ventiquattro anni nessun medico si è accorto di nulla. I ginecologi la visitavano e di 'sta bicamerale non si accorgevano. Ma vi pare? Sei ginecologo? Quando visiti dove guardi? Cosa le visiti? Le fai gridare trentatré con la topa? Le avrà confuse con le tette? Sono le tette che sono due, non le jolande. E neanche i fidanzati hanno mai fatto un plissé. Non uno che dicesse: "Ma mi sembrano due, sarò mica ipermetrope?". Comunque, adesso, con una piccola operazione chirurgica, hanno eliminato la parete che le separava, il tramezzo, 'sto bastione di cartongesso e hanno fatto l'open space, luminosissimo, a due passi dal centro, e finalmente sia lei sia il fidanzato stanno un po' più comodi. Pare che il fidanzato abbia detto: "Uh, amore, che reggia di Versailles, che piazza delle Erbe! Hai la mappa o devo mettere il navigatore?". La jolanda è diventata una, di non so quanti metri quadri per altro, ma gli uteri son rimasti due, le ovaie quattro e così via. Quindi il giorno che dovesse restare incinta, rischia di rimanere incinta mentre è incinta. Con l'altro utero. Pensa che casino! A ogni modo, se ne hai due forse non puoi chiamarle tutte e due jolanda. Vanno diversificate. I gemelli mica li chiami tutti e due con lo stesso nome, Franco e Franco. No, li chiami Franco e Ciccio, per dire, se no entrano in crisi di identità. Quindi bisogna chiamarle, che so, jolanda e miranda, jolanda e sofronia, jolanda e tarcisia.

Vi informo che nel 1843 è esistito un tizio che aveva due walter, entrambi perfettamente funzionanti. Praticamente un bicilindrico. Però non ho capito com'erano messi? Uno sull'altro come le cuccette nei treni? O di fianco, in orizzontale, come i pezzi di una zattera, come i flauti peruviani? Anche in quel caso lì, l'urologo non può non averli visti. Già in mutande uno con due walter si nota. Avrà avuto gli slip che sembravano il teatrino dei burattini, no? Poi gli avrà detto: "Cali un po' le mutande?", no? "Oplà che roba, devo aver di nuovo bevuto troppa Sambuca...". Deve essere difficile centrare la tazza in quelle condizioni. Se già di solito per voi maschi è dura, pensa per uno che ne ha due. Se uno è posizionato giusto, l'altro la fa nel lavandino e viceversa. Mi scatenano sempre la stupidera, queste notizie. Pensa trovarne uno che ne ha ancora di più. Tipo mazzetto di asparagi. E che li tiene insieme con l'elastico.Tipo candelotti di dinamite. E voi maschietti? Se vi facessero la grazia, dove lo vorreste il secondo walter, laterale o a soppalco? O in testa a tener fermo il cappello?

Un altro decoder

Quando sento parlare di "digitale terrestre" sbavo come i cani di Pavlov, faccio le scintille come le antenne dei tram quando si staccano. No, perché c'hanno preso per il culissimo. A cosa serve il digitale terrestre? Serve, pagando, a farti vedere male la tivù che prima vedevi bene gratis. Il digitale terrestre è una roba che tu paghi per incazzarti. Tipo una medicina. C'è la melatonina, che regolarizza il sonno, e il digitale terrestre per gli stati di apatia autunnale. Sei un po' intorpidito? Un po' giù di tono? Metti il digitale terrestre e in un attimo mi diventi attivo come i vulcani della Polinesia. Poi accendi la tivù, vedi il dottor House marmorizzato e ti fumano le balle come la solfatara di Pozzuoli. E ti viene tanta voglia di fare... fare il culo a chi l'ha pensata. Dovevamo vedere tutto più nitido e adesso vediamo un mucchio di quadratini che ogni tanto si bloccano e si mettono a parlare a scatti come il corvo Rockfeller. Oppure uno schermo blu. Tutto blu come i cieli di Klein o lo sfondone di Bruno Vespa. L'altro giorno sentivo la Cesara al TG5, quando improvvisamente... trac, si è bloccata. Cervicale? No, digitale. È diventata tutta quadrettata e parlava come gli UFO.

"Eh, ma... si vede nitido." Nitido cosa, se si vede solo nevischio. Uno spigato che frigge? Dei quadri di Picasso, tutto a scacchi e in mezzo l'occhio di Capezzone. Poi viene il tecnico, ti sintonizza i canali, lo paghi, esce ed è già tutto di nuovo sminchionato. E ti dicono: "Eh, per ora si vede a macchia di leopardo...". No! Si vede a cacca di gallina! Che la fanno qua e là a spruzzo e mai negli stessi posti...

Tra l'altro, di decoder non ne basta uno solo, ma ce ne vuole uno per ogni televisore. Ma io dico: abbiamo già tremila sistemi, analogico, satellitare, celeste, telepatico, fibra ottica, viviamo sotto una catasta di decoder impilati uno sopra l'altro come la mozzarella in carrozza, delle torri che sembrano i grattacieli di Dubai, con i fili tutti aggrovigliati dietro che per districarli ci vuole il machete; abbiamo gerle di telecomandi che ormai schiacciamo a caso, perché non è possibile ricordarsi che cosa telecomandano, dobbiamo ancora sfrantecarci le cime di rapa per andare a comprare un altro decoder? Poi il bello è che lo piazzate e vi vanno in palla tutti gli altri canali... schiacciate il telecomando e vedete solo nevischio. Per vedere Rai Uno devi digitare 1492, scoperta dell'America. Che poi, diciamolo, cambiano tecnologia ogni settimana, ma la roba da vedere è sempre la stessa. No, ma scusate. Per vedere l'ennesima replica di *Ghost* o del *Tenente Colombo* io devo avere il digitale terrestre? Io dico, va bene il progresso, ci mancherebbe, non dobbiamo sempre stare attaccati al passato. Volete mettere il digitale terrestre? Perfetto. Fatelo. Ma pagate voi.

L'unica cosa nuova in tivù di questi tempi sono le pubblicità del gioco d'azzardo. Avete visto? Passa su tutte le reti uno spot con dei tipi fighissimi mezzi Bogart e mezzi tartaruga ninja intorno al tavolo che calano tris. Una pubblicità che invita a giocare "soldi veri" a poker. Anche lì. Già è pieno il mondo di citrulli che si sparano tutta la pensione alle slot-machine, di idioti che si sono giocati alloggio, lavoro e futuro alle carte, c'era bisogno anche del poker on line?

E poi scusate se rompo ancora. Se è vietata la pubblicità delle sigarette e dei superalcolici, perché dev'essere permessa quella del poker? Notate che alla fine, per pararsi il derrière, appare una scritta piccolissima che dice: GIOCATE RESPONSABILMENTE. Ah be', ci mancherebbe che scrivessero: MI RACCOMANDO, SPUTTANATEVI TUTTO. Tra l'altro è proprio tipico dei giocatori di poker, sapersi fermare. Ma allora, scusate, perché non fare anche pubblicità alla cocaina già che ci siete? Basta aggiungere sotto la scrittina: SNIFFATE CON GIUDIZIO.

Vendesi jolanda a chilometri zero

Notizia Polifemo. Quelle notizie che quando le senti ti si fondono gli occhi insieme e te ne viene uno solo. È girata su Internet un'offerta speciale. Non è una bottiglia di Chianti del '97 e neanche un uovo cinese di quelli che stanno sottoterra e quando li tiri fuori sanno di piede. È un'offerta speciale un po' particolare perché riguarda una jolanda. Ma non una qualsiasi. Una jolanda d'epoca. Mai usata. Euro quattro. La proprietaria è una signorina inglese di cinquantadue anni, Sara, vergine, che guardandola ti viene anche da dire: "E te credo". Questa madamin non ha mai visto passare nella sua stazione né TGV né accelerati né regionali e ha la galleria con le rotaie ancora nuove...

L'ho detto con eleganza? Sto studiando Bon ton pour le porcade a Lione. Insomma, cosa ha fatto la Sara? Si è stufata di aspettare il principe azzurro e ha messo la sua jolanda in bacheca. Ha detto: "Basta. La metto sul mercato. Chi la vuole ha solo da chiedermela". Col certificato, pure: virgo intacta. Mai usata. Chilometri zero. Hai solo da spedire la garanzia. Solo che adesso i pretendenti arrivano a mazzi, ma a lei non gliene va bene uno. Dice che non trova quello giusto. Sara, ascolta. Per quanto mi riguarda una può restare vergine anche per tutta la vita, è una scelta che rende il compito per noi dispensatrici più oneroso e fitto di impegni, ma si può fare. Però sappi che non ci sarà mai quello giusto. Quello perfetto. Non l'ha trovato nessuna. Bisogna accontentarsi del meno peggio... è la materia stessa, del maschio, che è scadente. Dammi retta, Sara. Dai il via alle danze. Guarda, arrivo perfino a dirti... tiragliela dietro.

Lo dico a tutte le ragazze che si conservano per l'uomo giusto. Risparmiare non paga. Guarda coi BOT. Metti da parte, metti da parte, e adesso ti danno lo 0,01 di interesse... non è che se la tieni lì aumenta il capitale, anzi. Finisce che va fuori corso come le lire. Non solo, ma poi col tempo si deprezza. Ti tocca poi darla via in saldo... Non è una bottiglia di Barolo che se la stappi e la scaraffi è una goduria, e neanche una toma, che più la lasci lì e più diventa buona: è più come il tartufo, prezioso, delicato, ma se lo lasci troppo in frigo...

Perché c'è 'sto mito della vergine? Perché? Ma dove sta, il bello, mi chiedo. Anche per il maschio voglio dire... È come per le grandi opere. Chi ha dato il primo colpo di piccone al Monte Bianco non ha goduto. Chi se la spassa di più? Quelli che scavano la galleria o quelli che ci vanno avanti e indietro per andare a Chamonix a sciare? Persino la lavastoviglie quando è nuova ti dicono di farla girare un paio di volte a vuoto... Le tovaglie uguale. Bisogna prima metterle a bagno per togliere l'amido, se no restano dure... Pure il polpo lo devi sbattere sugli scogli, prima di poterlo cucinare.

Lo dico per i maschi che magari ci son rimasti male quando la fidanzata gli ha detto di essere di seconda mano. Ma vedetene i vantaggi! È come in montagna. Se uno non avesse già segnato il sentiero voi non riuscireste a salire facilmente. Datemi retta, bei badola. Fare per primi l'amore con una è un po' come entrare alla Rinascente in stagione di saldi: si sta stretti e ci si sente soffocare.

Un container di trofie per Gheddafi

Allora? Com'è andata? Bene e tu? Non so se avete notato, ma "Bene e tu?" è la risposta più gettonata di questi tempi. Tu arrivi sfatto dalle vacanze, con la faccia del giuda faus, e incroci subito un tafano che ti fa: "Com'è andata?". Ed è lì che scatta il "Bene e tu?" che significa: "Lasuma perdi, lasciamo perdere, passiamo avanti, dimmi di te piuttosto, che voglio capire se sei messo peggio di me".

Per cosa possiamo gioire? Chiediamocelo. Per Gheddafi forse, al quale abbiamo sacrificato un container di trofie? O per Montecitorio? Il peccato e la vergogna. Fortuna che c'è la Nannini. Meno male che c'è la gravidanza di Nonna Nanni che ci dà ancora un po' di speranza nel futuro. Dio solo sa come se la sia procurata a cinquantaquattro anni, ma non importa. Ha detto che il pupo uscirà in concomitanza con il disco. Come gadget credo.

L'altra novità è che la love story tra Gianfry e Berlu è finita. Manca solo che lui gli chieda gli alimenti come Veronica. Tutte le volte che Gianfry parla, a Berlu fumano i pantaloni. Gli vengono gli amici di maria incandescenti. Stringe le mandibole che sembra Ridge.

Vedi lo sgomento dell'uomo che non è abituato a sentire uno che non è d'accordo con lui. E adesso i politici sono già tutti lì che parlano di elezioni anticipate. Eh no, amici. Elezioni no. Elezioni basta. Abbiamo appena finito di liberare la cassetta delle lettere dalle vostre facce, ci avete trifolato con la conta e la riconta per tutta l'estate e volete già ricominciare la rumba? E levare di nuovo il microfono a Santoro e a Vespa, che si sono appena riavuti? Le elezioni anticipate no. Posticipatele, piuttosto. Che si voti nel 2020. Tanto non cambia niente.

C'avete rotto. Prima fate le coalizioni fra cani, gatti, topi e ragni, poi vi stupite che non andate d'accordo? Se nella stessa coalizione ci mettete dentro Bossi che dice che con il tricolore ci si pulisce il didietro, e quelli di AN che cantano l'*Inno di Mameli* con le tonsille di fuori, come fate a sperare che non si sfasci tutto? Bossi prima era tranquillo, adesso cominciano già a ribollirgli i maroni, tra qualche giorno Calderoli il maiale lo porterà a orinare su Fini, vedrete. Così, Fini che gli rompe le balle da una parte, Umby che gliele rompe dall'altra, Napisan che le elezioni non gliele lascia fare, sapete cosa farà Berlu? Secondo me è la volta che comincia ad andare ai processi, almeno si rilassa. Se li fa tutti. Processo Mills, Lodo Mondadori, va anche a *Forum*, pur di non stare in mezzo al casino.

Per favore, pensate a noi. Noi che vi votiamo, noi elettori... voi dovreste essere meglio di noi. I nostri capoclasse. Chi comanda deve essere un figo vero! Se vedo in televisione un ministro o un onorevole devo poter dire a mio figlio: "Ecco! Devi diventare capace e onesto come quello lì!". Se vedo voi, cosa gli dico? Gli dico: "Cambia canale, vediti i Simpson". No, perché poi gli italiani si dividono in due gruppi. Che non sono destra e sinistra. Quella ormai è una classificazione obsoleta. La separazione sta tra quelli che gliene frega ancora qualcosa, e quelli che non gliene frega più una mazza. Che se ne sbattono le palle, scusate il francesismo. Quelli che se ne impippano strabellamente della politica senza sapere che incide più quella nella loro vita che tutte le Coppe dei Campioni messe insieme. Ecco. I nostri politici di destra e di sinistra vanno avanti grazie a quelli lì, i distratti. Un branco di pingoni che potrebbero vedere un amministratore pubblico che si riempie le mutande di soldi delle tangenti o un politico che oltre a prendere la stecca si fa portare a casa tre trofie* vestite da Zorro e non fanno una piega, anzi dicono: "Guarda che figo". E purtroppo questi sono la maggioranza.

* Trofie: misto tra troie e loffie.

Scende in campo il Trota

Nuntio vobis gaudium magnum: habemus Bossi Junior. Il figlio di Umberto Bossi, Renzo, è sceso in campo. È entrato a tutti gli effetti nel mondo della politica sulle orme del padre. Dopo aver dato la maturità, cosa che l'ha impegnato occhio e croce quegli otto-dieci anni, ha deciso di darsi alla politica. Avrà pensato: "Se mi laureo ce ne metto altri venti, meglio che scenda in politica così ce ne resto anche ottanta". Peccato che a Castelli appena l'ha saputo son venuti gli occhiali quadri. Cota si è messo a girare il collo a trecentosessanta gradi come le civette, e Calderoli da color caco maturo è diventato color banana. Beige. Ciò che mi spaventa di più è che suo padre lo chiama Trota. Che non è tanto una garanzia... No, dico, ci dovrebbe far pensare. Se tuo padre ti chiama Trota e non Volpe un motivo ci sarà. Per carità, la trota è un animale sano, un filo di maionese è la morte sua... però c'è da dire che la trota tanto furba non è. Basta un vermone o due camole del miele e abbocca che è un piacere. Ogni tanto ne spara una e tutti a cadere dal pero. D'altronde, chissà che consigli ha dato l'Umberto al figlio... Gli avrà detto: "Trota, se vuoi fare strada in politica, fai come me, spara subito tre belle puttanate tipo: 'Roma ladrona, niente case ai Bingo Bongo, il tricolore nel cesso'. Dinne subito tre, tre belle corpose e vedrai che vai bene...".

Non mi sconvolgo più di tanto. Cosa pensavamo che insegnasse a suo figlio Bossi? A usare le posate da pesce? A ballare sulle punte o a fare il frivolité? Il padre fa i comizi in canottiera e dice che la Lega ce l'ha duro. Cosa deve fare quel povero Trota? Infatti lui pronto: "Ai Mondiali non tifo Italia, voglio provare tutto tranne i culattoni e la droga".

Troto? Posso dire? Secondo me sei partito bene. Certo, un vaffanculino alla Repubblica ce lo potevi far stare, ma è anche la prima volta, ti capiamo. Guarda, facciamo così, Troto: la prossima volta che fai un'uscita pubblica, non dico di portarti l'elmo di Scipio e farci la cacca dentro, che forse è esagerato, ma intonare l'*Inno di Mameli* tutto a rutti sarebbe perfetto. Sapete come va a finire? Che quello ce lo ritroviamo come presidente della Repubblica...

Ormai non mi stupisco più di nulla. Guarda quello che è successo con Morgan, che ha dichiarato di farsi di coca. Tutti scandalizzati. La festa dell'indigno, tutti a commentare: "Oh, ma che roba". Posso dire? Ma andate a defecare nella carbonella, con somma cortesia. C'è mezza Italia che pippa, è pieno di gente che va in giro con l'occhio pallato, la pupilla del merlo, e il naso grattugiato a forza di aspirapolverare. Non è che c'è solo Morgan, poveretto. Poveretto e pirla, perché tutto puoi dire tranne che la coca faccia bene. La coca è una roba che t'ammazza. Comunque tutto è bene quel che finisce peggio, perché poi è andato a chiedere perdono da Vespa. Con don Mazzi che gli diceva: "Eh, birichino, son cose che non si fanno...", come avesse mangiato troppe ciliegie. Morgan, scusa? Perdonami. Vuoi fare tanto il maledetto, il dannato, il trasgressivo, l'anima nera e poi vai da Vespa? A farti fare il mazzo da Mazza, Mazzi e don Mazzi? Ma ti pare? Ma secondo te Jim Morrison sarebbe andato a *Porta a Porta*? Li mandava tutti a quel paese, Vespa Mazzi Mozzo Mizzo e Muzzo, spaccava due chitarre, di Sanremo se ne puliva, con rispetto, i jeans, diciamo, metteva la lingua in bocca a Bruno, prima di andare via se lo limonava, un saluto col medio agli spettatori e via, fuori dalle balle. Io le ipocrisie proprio non le tollero.

A questo proposito un'ultima cosina al volo. Una segnalazione sul crocifisso nelle scuole, con quelli che lo difendono che saltano su tutti come Dracula quando gli piantano il paletto nelle costole. Vorrei segnalare che da qualche tempo è in vendita in edicola una nuova collezione a fascicoli: *Crocifissi artistici da collezione*. L'altra mattina li ho visti in un'edicoletta del centro sbattuti lì per terra, fra il portacellulare delle Winx, una zappa da giardinaggio e la collezione di taxi nel mondo... Ecco. Vorrei dire solo questo. Che mi fa stare peggio vedere un crocifisso sbattuto per terra, in mezzo ai calendari delle gnocche e ai resi delle riviste porno, che non vederlo appeso in un'aula di scuola. Tutto qui. Ma forse sono io che ho il cervello storto.

Vieni o vai?

Secondo uno studio svolto da un team di ricercatori della Indiana University, l'ottantacinque per cento degli uomini è convinto che la propria donna durante l'amplesso giunga all'orgasmo. Quando hanno intervistato le compagne dei maschi usati come campione, però, solo il sessantacinque per cento di loro ha affermato di raggiungere l'estasi. Quindi? Un venti per cento delle donne ciurla nel manico. Amiche mie, voi ciurlate. Voi maschi andate dritti per la vostra strada di stantuffo e di quel che capita poco vi frega, e noi per liberarci di voi e chiudere la pratica il prima possibile mettiamo su un po' di sceneggiata. Sì, perché a volte i tempi si dilatano. E l'entusiasmo cede al disinteresse. C'è chi fa i versi come le tenniste ma non gode per niente. Le avete mai sentite le tenniste quando giocano in tivù? Fanno paura! Ogni colpo è un ouh!, ahu!, eppure non stanno mica... L'altro giorno avevo la tivù accesa e sento: "Ah! Ouh! Ahu!". Ho pensato: "Eccolo lì, mio figlio guarda i porno". Era Wimbledon. Non so se godono così tanto a giocare, o se sono le palle in sé che fanno questo effetto.

Lo dico per i maschi. Quando la donna fa: "Oh, ah,

ah, oh, ah, ah ah, mhh, eh, eh, eh..." non ce n'è! Riponete pure l'attrezzo nell'apposita cappelliera. Però, se c'è un vago barlume di piacere, si può sentire: "Ah, ah, oh sì, sì, sì... sì..." tipo telefonata, il che significa che forse qualcosa di buono lo state combinando. Se voi donne volete accelerare i tempi, funziona sempre dare l'idea di essere attraversate dalla corrente elettrica. Vibrate come se vi avessero collegato i due cavi della batteria. Lui si sentirà un leone, voi una lampreda. Funziona anche dire cose senza senso. Sussurrate parole inventate, tipo endemol... e intanto sbattete la testa sul cuscino sedici volte e terminate con la frase "mi fai morire", mentre di nascosto fate le corna.

Ma se volete che il vostro uomo vada in giro orgoglioso di sé, dovete fingere ancora di più. Quando si avvicina al letto in mutande, andate proprio giù di testa, in deliquio, e, mentre se le toglie, non ci sta male mormorare: "Mmm... un rotolone regina... non finisce mai..". Poi date il via alle danze. È molto importante la faccia. Le espressioni del viso. E lì potete scegliere: o tenete le labbra strette e l'espressione di un leggero dolore, come quando una inghiotte un'aspirina di quelle grosse senz'acqua... oppure fate la faccia spaventata. Se lui non vi spaventa neanche morto, pensate a Bruno Vespa che morde un coniglio vivo. Funziona. Poi quando non ne potete veramente più dalla noia battete la mano sul letto velocemente, come fanno i lottatori di lotta greco romana quando vogliono dire: "Cedo". E cominciate a soffiare come per spegnere le candeline di una torta che però non si spengono. Attenzione a non andare in iperventilazione che poi gira la testa, e metti che lui in quel momento voglia spostarsi sul divano, voi alzandovi andrete direttamente a infilarvi nella cabina armadio. Dopo che avrete ben soffiato – diciamo quanto serve per raffreddare una scodella di minestrone bollente – passate al gran finale. Raggrinzite le dita dei piedi, come quando vi infilate le uniche calze di nylon che avete e non volete sgarrarle per nulla al mondo. Poi la cosa più difficile: il verso finale. Dovete imitare il ruggito della leonessa quando le vogliono togliere il quarto di agnello, mixato con l'antifurto della Volvo. Gggrr... uao uao uao... Se volete strafare, confondete il vostro uomo gridando alternativamente: "Basta! Ancora! Ancora! Basta!", a lampo, come le luci di emergenza, e poi crollate stremate a pelle di leopardo. E state lì come rane stirate da un TIR per dieci minuti. E se lui, a quel punto, avesse ancora il coraggio di chiedervi: "Sei venuta?", potrete rispondere con un semplice: "Non sono mai neanche andata via".

Minchia, spacco qualcosa

Ho bisogno di un piacere. Un piacere personale. Ho bisogno che qualcuno mi faccia un decreto, magari in tre giorni come va di moda adesso. Vorrei un decreto che obblighi lo Stato e le amministrazioni comunali a somministrare idratazione e nutrimento ai barboni. No, perché stiamo tanto a parlare della vita, a difendere la vita dei moribondi e poi ci crepano sotto gli occhi quelli vivi e vegeti e non facciamo un plissé. Ecco, sono sicura che i barboni gradirebbero una bella flebo di branzino... pagata dalla ASL magari. Come mai i clochard non interessano a nessuno? Perché non votano? Oppure la loro vita vale meno? Probabilmente è così, visto che ogni due per tre gli diamo fuoco. Che può essere un modo per risolvere il problema, per carità...

È partita 'sta moda qua, purtroppo. Dar fuoco alle persone. Come fossero bastoncini di incenso. Se uno si annoia, appicca il fuoco e poi se ne torna in birreria a ruttare con gli amici. D'altronde il Sudoku, il biliardo e i videogame richiedono un minimo di cervello, invece sventolare l'accendino no... Anche a stare nella casa del *Grande Fratello* un po' si fatica, capace che ti chiedono i nomi dei sette nani a memoria, per dire, è già una bella prova di intelletto. Invece, per girare con due fiammiferi e un po' di benzina basta un neurone.

Nel cranio di questi deficienti solo due pensieri passano. Il primo: "Se ho i soldi, minchia, compro". Il secondo: "Se non ho i soldi, minchia, spacco qualcosa, picchio un gay, do fuoco alle persone o stupro la compagna di classe. Altrimenti come lo passo, tutto questo tempo inutile che mi si spiana davanti?". Caro amico, amico mio carissimo, posso dirti? Se non sai come passare il tempo, come svernare, fa' una roba: legati i testicoli con un cordino e poi fai il tiro alla fune. Vuoi dar fuoco a qualcosa? Ti consiglio i peli delle tue ascelle. Mettiti la maionese sul pisello e poi dallo da mangiare ai piraña. All'inizio dicono che si gode.

Poi c'è la storia del branco, il branco, certo, perché se non sono in tre o quattro non riescono a fare le cavolate. In due magari ne hanno ancora la percezione, in tre o quattro invece... alé. Ma il peggio sono i genitori. Per i genitori sono sempre dei bravi ragazzi: "Sì, mio figlio ha dato fuoco a un barbone, ma poi ha cercato di spegnerlo". Ah be', allora... È un boy scout, praticamente. Mentre faceva un falò col barbone cantava anche *Oh Alele*, magari? Zitti, dovete stare. Perché per dar fuoco a qualcuno deve avere un tale vuoto di secoli dentro, che la colpa è soprattutto vostra. Avete tirato su un testa di minchia, poi ce l'avete scodellato per strada. Questa è la verità. Non è un bravo ragazzo. È uno scervellato criminale, cari. E voi come genitori dovreste insegnargli a vergognarsi. E a consolarlo ci pensate poi quando è in galera: spero per più tempo possibile.

Il decollo dell'arnese

Novità per tutti i walterini d'Italia. D'ora in avanti per chi ha problemi di decollo dell'arnese, di consistenza dell'attrezzo... insomma, per chi non sa come far decollare il suo modellino miniaturizzato, c'è la calamita. Sì, la calamita da walter. È un nuovo ritrovato. Vi dico anche come si chiama. Segnatevelo. Che male c'è? Non è mica una vergogna, se vi resta molle come un'acciuga sott'olio. Si chiama Vigor, più o meno come la marca dei cicles. Anche facile da ricordare. Se ce l'hai come un bubble gum prendi Vigor. Di cosa si tratta? Ora vi spiego l'ambaradan.

Tu, maschio che soffri di caduta libera, che hai spesso il walter che fa bungee-jumping, tu, maschio che vorresti che ti saltasse fuori dalle mutande il lupo cattivo e invece si affaccia Pollicino, basta che ti sistemi all'attaccatura delle orecchie due piccole calamite e per magia il walter ti diventa di ferro e si solleva. Come il ponte levatoio dei castelli. Senti anche il rumore: sradadadadan... Sì, perché pare che nell'orecchio ci siano dei punti magici che, se stimolati, possono far guarire da un sacco di malattie compreso lo smollacchiamento del joystick. Insomma, la calamita cosa fa? Attiva dei neurotrasmettitori che mandano l'impulso al grande fratello che entra in nomination. Si solleva come Polifemo quando lancia i massi a Ulisse. E tu, maschio, non dovrai mai più gridare alla tua donna: "Buttati che è morbido!". Però attenzione, non è che devi metterti la calamita prima di fare il ciupa dance, prima della performance, anche perché non sarebbe carino. Tu inviti a cena una, lei vede le calamite e capisce subito che aria tira. Certo, le puoi sempre dire: "Amore, per questa serata importante ho pensato di mettere gli orecchini di mia madre...", poi però lei si preoccupa ancora di più. No, tu ti devi caricare prima. Come se fossi un telefonino. Ti metti in carica le orecchie come si fa per il cellulare. Minimo venti minuti e l'effetto dura quattro ore, massimo sessanta minuti e dura quattordici ore. Nei casi più difficili ci vogliono due magneti da motore marino, che pesano sui quaranta chili l'uno. Ma mi chiedo, se per far risorgere il geco albino ti metti i magneti nelle orecchie, per guarire dall'otite ti implacchi due calamite sugli amici di maria? Vedrete che ci sarà gente che si farà fare delle calamite enormi. Sì, perché voi maschi siete così. Non vi basta mai. Dovete avere la macchina più lunga, l'orologio più grosso e le calamite più enormi. Peccato che poi ci andremo di mezzo sempre noi. Perché passeremo da un estremo all'altro. Dal nulla cosmico alla tempesta magnetica. Capace che per strafare teniate poi i magneti nelle orecchie per due settimane. Così poi dalle mutande vi parte un manico di rastrello che vi prende in fronte e andate giù come salami. Messi KO dal vostro stesso pralinato ducale.

Brunetta è figlio dell'orso Bubu

Di questi tempi, un anno fa, arrivava il vaccino contro l'influenza porca. La suina, la maiala, la scrofesca, la verra. E secondo le indicazioni di Fazio, il ministro, non il balengo amico mio, i primi a essere vaccinati dovevano essere i politici perché nel caso si fossero ammalati loro l'Italia si sarebbe fermata. Capirai. Invece adesso si muove? Sì, col ballo di San Vito. Che si fermino pure i politici, tanto sono abituati a stare a letto. Che li usino pure come cavie e lascino in pace i ratti. Pensate se mai 'sto vaccino avesse avuto effetti collaterali. In Parlamento avremmo visto arrivare Bocchino a palle blu, Fassino grasso come un leone marino, che da sempre sembra il filo per tagliare la polenta, Cota tutto coperto di scaglie come un basilisco.

Il bello è che la maggior parte dei medici non si è fatta vaccinare. Non si fidavano. Ma scusate, non si fidano i dottori e dobbiamo fidarci noi? Fatemi capire, a chi dobbiamo dare retta? No, perché loro, gli scienziati e le case farmaceutiche che guadagnano paccate di soldi, sperimentano e sperimentano, ma noi non sappiamo mica cosa smarmigano... Prima annunciano tronfi: "Ecco, trovato il rimedio per la gastrite!", poi dopo cinque anni dicono: "Sapete, quella roba contro la gastrite, non so se avete notato anche voi, ma fa crescere le pere sotto le ascelle, disturba?".

Siam messi male, va là... Siamo qui col dito nel Moulinex e le pale che girano, con la mano chiusa nella portiera e l'antifurto che suona... Non c'è da stupirsi più di niente.

Avete sentito? Pare che la lista degli amici del maramao, della piña colada, i devoti della transumanza, sia lunghissima. Perché a quanto pare non ci sono solo i medium che vanno in trans. E poi dicono a me che parlo di walter e di jolanda... A sentire quel che succede io sono una suora, una madre badessa, la Grazia Deledda delle canne al vento. Io ormai mi aspetto di tutto. Non c'è più limite alla follia. Uno di questi giorni sfogliando "La Stampa" troveremo titoli tipo: *Giuliano Ferrara da giovane ballava sul cubo. Nella parte del cubo; Niccolò Ghedini è stato contorsionista e fumava la pipa col derrière; La Marini a diciotto anni si è fatta monaca ma poi ha rinunciato all'ordine per via della lingerie;* ULTIME NOTIZIE! *Brunetta è figlio dell'orso Bubu! Stasera su Canale 5 la verità;* SENSAZIONALE: *Casini e George Clooney sono la stessa persona, solo che Clooney è gay;* UN NUOVO SCOOP DI "DONNA E DANNO": *Mastrota si è ritirato e ora vive in una pentola a pressione; Raz Degan figlio di Ratzinger? La curia indaga;* SCOPERTA LA RAGIONE DELLA SUA IMMOBILITÀ: *Bondi in realtà è una statua lignea scolpita da Renzo Piano;* OGGI SU "NOVELLA DUEMINCHIE": *D'Alema ha i baffetti finti per nascondere la puzza sotto il naso;* ESCLUSIVO: *Fabio Fazio è una donna. L'operazione è stata velocissima. I connotati maschili erano solo accennati. Più che un intervento è bastato un colpo di spugnetta per i piatti.*

Orgasmescion

Una signora del New Mexico, tale Joleen Baughman, oggi quarantenne, ha avuto un incidente stradale. Per fortuna non si è fatta niente di grave tranne una lesione a un nervo del bacino, nervo che controlla il desiderio. Il risultato è che da allora Joleen ha frissons dalla mattina alla sera; le partono i bollenti spiriti anche facendo cose che non c'entrano niente col ciupa, tipo stare seduta in pullman o fare la spesa. E lei sta andando giù di testa. Tra l'altro manco il marito basta più per farla sfogare, marito che, vorrei sottolineare, ha vent'anni, il che significa che la bella Joleen una certa predisposizione alla pratica ce l'aveva già prima dell'incidente. Aveva quell'indirizzo lì, diciamo, era propensa, portata.

Comunque, la povera Joleen in pratica ha un orgasmo ogni sei minuti. Se pensiamo che c'è gente che ne ha uno ogni sei anni... Lei invece ogni sei minuti alé, ollalà iuuu, parte la bossanova, il maracaibo, le fischia il vaporetto in grembo e le ovaie fanno la quadriglia. Il brutto è che le capita in qualsiasi momento. Un vigile la ferma per farle una multa? Sarà la divisa, sarà la biro che ha quella bella formina allungata... e via che partono le *Variazioni Goldberg*. Io comunque 'sto nervo del bacino non l'ho mai sentito, secondo me è una bufala, non esiste. Se ci fosse davvero, sarebbero sempre tutti lì a suonare l'*Aria sulla quarta corda* di Bach, invece di fare gli speleologi e cercare il punto G. Tutti a cercare il nervo, come quando ti rientra dentro l'elastico della tuta e con le dita cerchi di tirarlo fuori.

Spiace perché a lei tutto e ad altri niente. Quelli che proprio non sanno cosa sia il piacere, l'antica orgasmeria del borgo, il momento di intenso godimento, lo tsunami dei bassifondi... Adesso vi spiego cos'è. Innanzitutto è una sensazione corta. Se pensi alla fatica che hai fatto per arrivare fin lì, non so se ne valga la pena. Il gusto del caffè ti resta per più tempo in bocca, per dire. È come quando fai tre ore di coda allo ski-lift e la discesa dura dieci secondi. Sì, perché pare che la durata media del culmine del piacere sia di tre secondi. Tipo uno starnuto. Etciù! Fine. Dura come due colpi di tosse asinina. Il porco, invece, c'ha un orgasmo che dura mezz'ora. D'altronde si chiama così mica per niente. L'orgasmo del maiale dura come una puntata di *Beautiful*. Vorrei capire come fanno a saperlo. Che poi, magari, il porco ha finto. Gli è durato tre secondi come a tutti e poi visto che lo guardavano ha continuato a grugnire per mezz'ora per far vedere com'era bravo. Comunque tornando al Bengodi. È una sensazione forte, intensa, biunivoca, un po' come quando di notte batti forte il testone sul comodino e non perdi conoscenza. O come quando ti infili il pettine in un occhio o fai la ceretta, strappi e gridi: "Ahhhhh!". A volte succede persino che, per un incastro magico, tu e il tuo partner gioite all'unisono e lì è un po' come quando chiudi la coda del cane nella portiera, che senti quello che sente lui e gridate insieme: "Bau, bauuuuuuu...". Però a volte l'orgasmo non si compie e in quel caso è un po' come quando stappi la lattina della Coca-Cola e ti rimane il gancio in mano. O come quando prendi l'Alka-Seltzer e non ti viene il rutto. Quando giri l'angolo e vedi il 38 barrato che va via. O come quando al banco del pesce quella davanti a te prende l'ultima sogliola.

Ignazio, ti ringrazio

Meraviglia. La Rita Levi-Montalcini ha compiuto centouno anni ed è molto più sveglia di me. Che ci vuole anche poco. Io sembro la nonna della Montalcini. La Rita è grandissima. Vedi che non c'è mica bisogno di essere grandi e grossi per essere furbi? Rita è una che se le chiedi quanti elettroni ci sono su una scrivania li conta a occhio, non è gnugnu come me che se faccio due per tre devo fare la prova del nove per essere sicura. Ha passato una vita a srotolare il DNA, la catena del genoma umano che è più lunga della Salerno-Reggio Calabria, solo con meno lavori in corso. E dire che in vita sua ne ha trovate di cose, eppure ha ancora sempre qualcosa da ricercare. Sarà quello che ti dà l'eterna giovinezza. A me invece fa l'effetto contrario. Per esempio, quando ricerco dove Davide ha messo le ricevute delle multe prese con la moto sento proprio che invecchio a vista d'occhio.

Peccato che ci siano donne che ancora oggi vivono prigioniere. Senza la possibilità di studiare, di amare, di essere libere. Basta buttare l'occhio all'estero. Il presidente afghano Karzai ha firmato una legge che modifica il diritto di famiglia. Io per un attimo ho sperato che avesse cambiato qualcosa a favore delle donne afghane che quando provano ad aprire bocca le rovinano di mazzate. Tra l'altro non era neanche difficile, bastava che Karzy chiudesse gli occhi e mettesse un dito a caso sulla Costituzione e avrebbe trovato qualcosa da migliorare. E invece? Invece quel gran Karzone ha fatto una legge che in pratica legalizza lo stupro famigliare, oltre a tutto il resto. Cioè lui ha detto che ogni marito ha diritto ad avere rapporti con la moglie "ogni quattro notti" a meno che lei sia indisposta. E, attenzione, con "indisposta" intende nel senso fisico, non emotivo. Se lei non è disposta, perché magari lui ha finito di menarla due ore prima, chissenefrega. Se non ha voglia se la fa venire, altrimenti il marito se la può stuprare con comodo. Ogni quattro notti, ti tocca. Che piova o tiri vento, della jolanda è il bel momento. Ma capite? E noi continuiamo a spendere soldi e a mandare giù soldati in Afghanistan per difenderli dai talebani. Che fanno come loro.

L'unico che si è posto qualche domanda su 'sta storia è La Russa, che dio lo protegga, quel mefistofele dei cartoni animati. Ignazio, ti ringrazio. Sotto quella cotenna batte un cuore. Mettiti in mezzo tu, Ignis. Fa' qualcosa. Sarebbe bello, per esempio, che tutte le donne del Parlamento italiano, di qualunque partito, rifiutassero di votare la missione in Afghanistan a meno che questa legge non venga cancellata... No, perché vorrei vedere voi, Berlu, Tremonti, D'Alema e compagnia cantante, a essere costretti a fare sesso anche quando non ve la sentite. O che per legge venisse a casa un vigile che ve lo stecca anche se non sta su, vi mette quattro legnetti, ve lo lega con un cordino come lo speck e vi obbliga a consumare... Guardate, mai come oggi vorrei che, soprattutto in Afghanistan, le jolande avessero i denti. Sai che aperi-cene? Credetemi, se fossi afghana e avessi i denti nella jolanda masticherei trentadue volte ogni boccone, anzi di più. Come i cicles, finché non resta che un pallettino senza gusto da sputare dal finestrino della macchina in autostrada.

Labbra a culo di pollo

È la nuova moda. Adesso ci sono donne che cambiano faccia nel giro di una settimana. Il giorno prima hanno due borse di Louis Vuitton sotto gli occhi e il giorno dopo le vedi lisce come un patinoire. Prima piene di rughe, delle fisarmoniche di Stradella, velluti millecoste, dopo liscissime. Come pentole antiaderenti. Prima hanno le palpebre che per aprire gli occhi ci vuole l'avvolgibile, il giorno dopo i bulbi come Igor di *Frankenstein Junior*... Cinquant'anni e ne dimostrano trenta. E il bello è che quando le giornaliste chiedono: "Qual è il segreto di questa eterna giovinezza? Di questa faccia così fresca?", loro rispondono: "Niente. Non faccio niente. Stile di vita sano e qualche integratore". Ma vaffanculo... Lasciatemi gridare, lasciatemi sfogare, come faceva Pappalardo. Ci sono cose nella vita che si risolvono solo con un vaffanculo. Ma che, siamo cretine, noi? Il giorno prima avevi il naso come Depardieu, a forma di panino, a culetto di neonato, il giorno dopo una trombettina con due buchi all'insù... Cos'è stata, la vita sana, che ti ha fatto diventare il naso così? Amica del gioco dell'oca, dove l'oca non sono io, sulla mia umida fronte vedi tatuato GIOCONDA? E come mai queste splendide labbra a culo di pollo? Con tanto di quel botulino che quando parli si muovono come quelle dei cammelli? "Oh... succhio molti grissini di crusca." Ma vedi di andare a pattinare su uno stagno di cacca ghiacciata, amore. Cerchi rimedio nella natura? Spero che tu incontri lo Yeti allora. Poi vedi come ti pialla le ossa. Anch'io ho uno stile di vita sano, ma mi spuntano dei solchi che neanche il Canale di Panama. Qua sulla fronte c'ho una ruga che sembra un colpo d'accetta. Se hai uno stile di vita sano le chiappe che toccavano terra di colpo le hai sulla nuca? Bevendo latte di soya ti si gonfiano le tette e ti viene una quarta? Cosa respiri, elio, che ti si gonfiano le bocce come due palloni delle giostre? Ma di' la verità, LA VERITÀ! "Sì, mi sono sbotulata e allora? Mi facevo orrore e mi son sparata una media di ialuronico", "Mi sono tronata di silicone da sola con la siringa per fare le bignole", "Mi sono fatta rimontare come un Transformer." Non è mica un problema. Tu della tua faccia puoi fare ciò che vuoi. Quello che non sopporto è l'ipocrisia. Fine. Tanto si vede. Non è che quando vedi una rifatta dici: "Oh, che giovane...". No. Dici: "Oh, che rifatta".

Bidè con la Coca-Cola

Un piccolo appello ai direttori di giornali: "Amici. Datevi una regolata coi gadget perché state un filo sbarellando".

Vi spiego. L'altro giorno sono andata a comprare una rivista per ragazzine, molto carina. A mia figlia piace e io gliela compro. Bene. La prendo e cosa aveva come gadget? Una confezione di lubrificante per la jolanda, per esaltare l'orgasmo femminile. Come l'esaltatore di sapidità dei sughi. Un glutammato per la jole. A momenti vado giù di naso sul banco dell'edicola. Ho avuto solo il riflesso di non svenire sul cane perché altrimenti lo spianavo. Ora, stiamo parlando di un giornale che ha come target le ragazzine e le ragazze massimo fino ai vent'anni. Non stiamo parlando di "Playboy" o "Men's Health" o "Vita intima della trofia vogliosa", ma di un rotocalco fatto di brevi interviste e consigli su come farsi la frangia, non si tratta di un manuale di Kamasutra prêt-à-porter. Fino a poco tempo fa con questi giornali ci trovavi come gadget il lucidalabbra alla fragola, l'ombretto coi brillantini, al limite il pareo. E adesso l'esaltatore di orgasmo? In gel? Ma siamo tutti deficienti? A quell'età il gel se lo devono mettere in testa, non negli apparecchi di bassa manovalanza...

Bisognerebbe ritornare a crescere piano piano. Passare dal batticuore ai baci, e poi via via fino al ciupa dance e a 'sto benedetto orgasmo, tra l'altro così com'è, senza bisogno di esaltarlo, che quello non è come le ciglia che le allunghi col mascara. Invece adesso un momento prima giochi con le Winx e un attimo dopo ti metti il gel nelle mutande. Allora scusate, perché non mettete una pastiglia di Viagra dentro "Topolino"? In fondo, visto che l'ha preso a manciate uno dei Tokio Hotel e a momenti ci lascia la ghirba, lo vorranno pure i ragazzini delle medie. Fate il Viagra con le orecchie come Bugs Bunny e poi mettetelo dentro gli ovetti Kinder. Le mamme ringrazieranno e i bambini contenti diventeranno blu come i puffi. Io però mi domando: perché invece di star sempre lì a torronare con i valori, e la famiglia, e le stramaledette pillole coi nomi delle targhe, che se la prendi puoi anche entrare dove c'è la ZTL, perché non si fa un po' di vecchia, sana educazione sessuale? Secondo me aiuta. Magari proprio su questi giornali qui. I ragazzi non sanno un tubo di contraccezione. Proprio letteralmente, non conoscono il tubo. Pensano che farsi il bidè con la Coca-Cola non ti faccia rimanere incinta, o che fare l'amore in piedi scongiuri la gravidanza perché gli spermatozoi cascano a terra e si stordiscono, che basti bere tre whisky di fila per non rimanere gravide! Così oltre a risultare positiva al palloncino di sopra, resti poi col palloncino anche di sotto!

Tra poco arriveranno in commercio i preservativi per i dodicenni. Che uno si chiede: "Cosa avranno di speciale? C'hanno i Pokémon stampati sopra? Sono a zampa di elefante? Hanno una porta USB per il collegamento a Facebook?". No, sono più piccoli. Giustamente. Così non ballano, se no cessa lo scopo, a meno di usare quelli di taglia regolare e mettergli le bretelle. La questione, però, è un'altra: a dodici anni già siamo al ciupa, ma 'sti ragazzini non sanno una mazza. Fai educazione, vedi che le pillole servono di meno... Anzi, la faccio io.

Il profilattico. Ragazze, dovete insistere perché lui lo usi. Si sa che il maschio è recalcitrante. Fatica a metterlo perché dice che poi non sente niente. E voi dovete rispondere: "Se te lo metti nelle orecchie, poi non senti niente, balengo!". Devo dire che sui preservativi ci sarebbe ancora da lavorare. Intanto il packaging, la confezione, la plastichina che li contiene. Viscida, pelle di polpo che scappa dalle mani, che di solito in quel momento lì sono nervosette. In quel momento, per il maschio, il sogno è che quel tubo di caucciù si sistemi da solo, che come per un incanto alla Harry Potter si infili come un cilindro sul walter, ma così non è.

Amico fabbricatore di condom, fammi un favore... mettigli una bella linguetta lunga che la trovi anche al buio, prima che il nostro pachiderma tiri con forza disumana e il preservativo schizzi fuori finendo sul lampadario, appeso come un salame sull'albero della cuccagna. Ma soprattutto, già che siamo qui a parlare da uomo a uomo, il profilattico ha un verso. Come le lenti a contatto, che se le metti al contrario la mattina poi passi la giornata a fare l'occhiolino a tutti quelli che incontri. Lo stesso per il condom. Tanto è facile infilarlo, se lo infili per il verso giusto, tanto è un casino se lo metti al contrario. Tanto la donna può trovare intrigante la vestizione del walter, tanto le possono scendere i collant dalla pena nel vedere il proprio uomo pressarsi un tondino di gomma sul maramao fino a farlo diventare, di volta in volta, un criceto col berretto, un fungo rosicchiato dai cinghiali o un cotechino con la minigonna! Finisce poi che quel pezzo di marmo ben sagomato che l'uomo aveva a disposizione con le sue buone intenzioni di forgiare l'interno femminile a sua immagine e somiglianza si pieghi in due come un savoiardo pucciato nel tè e tutto questo non perché non gli funziona, ma perché tu, caro costruttore, hai pensato bene di non metterci un verso, un segno, o almeno un'etichetta, al tuo profilattico, come invece riescono benissimo a fare dei grandissimi geni come Dolce & Gabbana sulle loro magliette, che capisci subito che sono al contrario!

La cicatrice fa vissuto

Siamo a quota sei. Sto parlando di Angelina Jolie. Tra quelli naturali e quelli adottati siamo a sei figli. Parlapà! Che tradotto in siciliano verrebbe: minchia! Ha anche una bella resistenza... No, io un po' la capisco: c'hai Brad Pitt fra le mani e non è che lo lasci lì a far la muffa o lo tieni in stand by con la lucina rossa accesa come un videoregistratore... Avere Brad Pitt in casa è come avere la Nutella nell'armadio. Hai un bel dire che non la devi mangiare, poi quando la vedi far capolino tra il pane di kamut e le gallette di riso non ti tieni. Sarebbe un insulto al Creato. Se non ne approfitti il fato te la fa pagare... "Ma come? Io, destino, ti consento di avere Brad Pitt a disposizione e tu non gli salti sulle piume a colazione, pranzo e cena? E allora pram!, te lo trasformo in Alfano, così impari."

A proposito di maschi fighi. Pare che vada molto di moda di questi tempi l'uomo con la cicatrice. Sì. Alle donne piace molto il maschio sbreccato. Tanto odiamo la tazzina con la crepa, quella che suona fessa, tanto ci piace il maschio fessurato. L'uomo con la magagna piace. La cicatrice in faccia fa molto sexy. Fa maschio vissuto. Uomo duro. Homo selvaticus. Bestia da letto. Oddio, certo dipende anche da come se l'è fatta, la cicatrice. Un conto è se combatteva con Johnny Depp sulla nave dei pirati, un conto è se si è tirato in faccia la lama del Minipimer cercando di ripararlo. In questo caso non è sexy, è solo pirla.

Il mio boy cicatrici rien. Solo un segno di varicella sul naso perché si è grattato. Ma non conta. Quello non fa sangue ma impressione. E poi ha le cicatrici dell'ernia e dell'appendicite ma non valgono.

Dicevo. Siccome gli uomini lo sanno, che alle donne piace il maschio sbregato, ultimamente cosa fanno? Sono così cretini che se la fanno da soli, la cicatrice. Molti maschi si tagliano un po' il sopracciglio, in mezzo, perché faccia uno stacco che sembri appunto il segno di una cicatrice dove non cresce più il pelo. Io ne ho visto uno, poi un altro, poi un altro ancora... e ho pensato: "Ma com'è che sono tutti caduti dal triciclo nello stesso modo e han tutti sbattuto il sopracciglio proprio lì?".

No! La cicatrice vera non ha confini, non è che prima fai la brutta con la matita... Quella vera è irregolare, a volte è larga, slabbrata. Certe restano bordeaux per sempre. Insomma, quelle vere si vedono.

Quindi. Appello ai maschi. Se volete farvi una cicatrice che vi renda sexy, mandrilloni da battaglia, che sia originale! Usate il rastrello. Ma non saliteci sopra col piede, che poi col manico che vi sbatte in fronte vien fuori un bernoccolo inservibile. Passatevelo a pettine in faccia. Potrete raccontare di essere stati smucinati da un coguaro. Anche gli spigoli e le antine lasciate aperte vanno benone. Se però volete fare un bel lavoro andate da un amico che ha un pitbull e infilate la faccia nella cuccia tenendo una salsiccia in bocca. È una tecnica che dà sempre ottimi risultati.

L'Aqua Vulva

Ecco una notizia fetecchia, la scaricatora di porto, la notizia arcobalengo. Mi rivolgo alle jolande d'Italia. In primavera la natura si risveglia, le gemme gemmano, i frutti fruttano e anche le jolande hanno bisogno di rinnovamento. Sempre tutte chiuse in locali stretti, bui e poco aerati a languire in attesa dell'estate e di qualche giro in pareo. Ma ora c'è una novità per trasformare un po' la nostra arma letale, la vernice per jolanda. La tinta. Sì, c'è una ditta americana che produce tinte per jolande come quelle per i capelli. Dal rosa chiaro al bordeaux. Granata se sei tifosa del Toro. Io, al limite, me la farei della Juve con le mèche bianche su fondo nero. Il colore è tipo tempera e dura dalle quarantotto alle settantadue ore. Non so bene come lo mettano. No, perché se lo danno a pennello può essere rilassante, a rullo è piacevole, se usano la pistola a spruzzo tocca stare attente. Nelle avvertenze c'è anche scritto che può darsi che produca una lieve irritazione. Magari la tingi di rosso come Milva e poi ti si gonfia come un pomodoro di mare? Ma perché? Tanto i maschi non si accorgono di niente. Non si accorgono dei capelli figuriamoci della talpona. Neanche a tirare su le gonne: "Amore, noti niente?". "Sì, che c'hai due femori..."

Se non ci basta averla pettinata e truccata e vogliamo anche ingioiellarla, ce la possiamo crivellare di Swarovski. Adesso c'è 'sta moda Swarovski. Fanno tutto Swarovski. Anche la jolanda. Tu vai lì, nella swarovskeria, ti fanno la ceretta completa e ti impiantano i brillantini nei bulbi piliferi. E quando i peli ricrescono, cosa succede? Che sputano fuori il diamantino? Ogni tanto, dlin dlon e: "Guardi, signora, ha perso un diamante della topa...". Praticamente tu vai in giro con al posto della jolanda un globo da discoteca. Non so se ti mettono anche le luci stroboscopiche. Dovrebbero farlo anche al walter. Il walter Swarovski. Sempre per par condicio. Un faro. Una torcia. Che puoi usare quando scendi in cantina. Ma con tutti i problemi che ci sono nel mondo, tu ti tingi la jolanda e ci metti gli Swarovski? Se il Creatore ci ha fatto così semplici, un piolo e un buco, ci sarà un motivo? Abbiamo sempre funzionato bene così altrimenti ci saremmo estinti. Se fosse servito a qualcosa, state pur certi che ci avrebbe fatto la jolanda con le piume e il walter a tre pezzi come i missili.

Ma non è finita, arriva sul mercato un nuovo profumo. Lo produce una ditta britannica e su Internet circola lo spot. Uno spot di un profumo che ha un aroma molto particolare. Rosa damascena? Mirto selvatico? Pipa e mirtillo? Si sa che i profumi a volte mescolano le robe più assurde. Niente di tutto ciò. Ve lo spiego per immagini. Avete presente il profumo di gnocchi alla domenica? Ecco, al femminile. Il profumo è quello lì. Di lei. Del quadrante centrale. È una roba mostruosa, faccio fatica persino io a parlarne. Praticamente, nello spot, si vede una tipa che va sulla cyclette come una forsennata, pedala e suda, suda e pedala, con grande sfoggio di primi piani dell'attacco cosce sudato, e lui è lì che GUARDA. Poi lei si alza e a quel punto lui che fa? Fa la cyclette pure lui? Controlla che non si sia smollata la catena? Toglie il sellino per sviluppare i glutei? Macché. Annusa. Annusa il sellino come fosse un tiglio fiorito e va in visibilio. Ora, io pensavo che avessimo raggiunto il culmine con i primi piani dei culi per fare la pubblicità a un divano, ma annusare sellini, francamente... Eau de sellin. Lo spot si chiude con il primo piano del profumo. Si vede la bottiglietta e sotto il nome: VULVA. Guardate che VULVA fa persino paura. Io sapevo che c'era l'AQUA VELVA WILLIAMS, ma l'AQUA VULVA proprio non me l'aspettavo. E comunque è proprio vero, ormai la gente sniffa di tutto.

Carne trita con salse porche in pane molle

Placati gli spetazzi del vulcano adesso ci tocca trovare il modo per tappare la falla in fondo al mare e arginare la marea nera. Obama non ci dorme la notte. Anche lui adesso è nero con riflessi blu petrolio. Certo che anche questi della BP, che fanno i buchi a quattromila metri sotto il mare e non pensano prima a come tapparli se capita un incidente... Ma dove ce l'hanno il cervello? Oltre che ad aprirli dovevano pensare anche a come chiuderli. Santo cielo, ma guardate il Creatore. I buchi ce li ha fatti in modo che si possano aprire e chiudere alla bisogna. Non se n'è fregato dicendo: "Io li faccio e poi speriamo non succeda niente". Non è che si è dimenticato e i buchi ce li lascia sempre aperti, mi spiego? O i buchi di quelli della BP son diversi? Dopo mille tentativi falliti, hanno pensato a un tappo. Un bel tappo di cemento. Se chiedevano a noi glielo consigliavamo da subito. Da noi è tradizione il cemento. Sono anni che la 'ndrangheta e la camorra risolvono così le questioni. È che ogni tanto mi pare che i neuroni di chi ha in mano il potere facciano cilecca.

A proposito di potere. C'è una proposta bellissima del governo italiano per regolamentare le attività commerciali degli extracomunitari. Dovranno superare un esame di italiano. Imparare i congiuntivi e la consecutio temporum. Perfetto. Peccato che ci siano fior fiore di deputati e onorevoli che non ne infilano uno a pagarli. Il principe Emanuele Filiberto li sbaglia persino leggendoli dal gobbo.

Comunque 'sta legge c'è già. A Prato, che è gialla così di cinesi, l'esame d'italiano lo fanno da anni, e francamente ormai i cinesi lo parlano meglio di noi. Poi, scusate, se uno apre una panetteria sarà mica pirla a mettersi a fare quel lavoro lì senza sapere una parola di italiano. Chiude dopo una settimana... Se entri, chiedi due biove e il cingalese non capisce e ti fa un massaggio alla cervicale, il giorno dopo non vai più da lui, o no? Tra l'altro non è che in panetteria devi intavolare discorsi da Accademia della Crusca. Al limite lo chiedi, il pane di crusca: "Buongiorno, buonasera, facciamo un chilo? Grazie arrivederci...". Tutto lì. Non è che ci voglia Beccaria.

Ma non basta. Si propone di levare anche le insegne straniere tipo KEBAB, SUSHI BAR, RISTORANTE CINESE CIAO CICIU... E perché? Perché stonano. Ci si deve adeguare alle tradizioni del luogo. Ma cosa vuol dire? Allora dobbiamo ranzare via la metà delle insegne, comprese Harley-Davidson, Suzuki e Honda. Anche Mercedes Bresso a 'sto punto deve cambiarsi il nome. Troppo straniero. Se proprio vuole tenersi il nome di un'auto, al limite usi Panda. Panda Bresso. Dicono che una soluzione potrebbe essere quella di tradurre le insegne straniere. Pensa un po' te. E come lo chiami, a Torino per esempio, il ristorante giapponese di sushi? Ris e pes? Riso e pesce? Il kebab come lo traduci, beberu arustì? Pecora arrostita? Muntun brusatà? Montone bruciacchiato? La cosa strana è che se la prendono soprattutto con le scritte cinesi e marocchine, nessuno che si lamenti degli hamburger o degli hot dog. Gli americani non sono stranieri? Provate, invece che hamburger, a scrivere: "Carne trita con salse porche in pane molle" e ditemi quanti ve lo comprano...

Faccia da Vespa

Ritornano in tivù i segreti di Fatima. Nello speciale su Fatima, Vespa ha messo su la faccia delle grandi occasioni, quella di Cogne, per capirci. Tirata, seria, tesa, come Grimilde quando lucida la mela avvelenata per Biancaneve. D'altronde, 'sti segreti sono tutti terribili. Il primo annunciava la Prima guerra mondiale, il secondo la Seconda, poi l'attentato al papa, poi l'ambaradan della pedofilia nella Chiesa. Ma se si sapeva dal 1917 che stavano per succedere tutte queste iatture, non si poteva fare qualcosa per evitarle invece di dire dopo cento anni: "Eh, la pastorella l'aveva detto!"? Ma se io vedo per terra dei pallini che non sono i Tabu di liquirizia non è che aspetto cento anni per dire che ci sono i topi. Faccio mettere le trappole e il groviera e mi porto avanti col lavoro. Adesso poi è partita un po' 'sta moda. Capita una sfiga e subito arriva il teologo che dice: "Io lo sapevo, era il sesto segreto di Fatima". Dal vulcano in Islanda alla gomma forata in galleria, alla gallina nata con tre zampe è tutto un segreto di Fatima.

E poi, tra tutti questi segreti di Fatima possibile che non ce ne sia uno bello? Una roba bella tipo che tra un anno passa la fame nel mondo? Devono per forza essere tutte sfighe? Andrebbero bene anche cose meno impegnative. Non so, che Minzolini va in pensione tra una settimana, che Tom Cruise viene ad abitare sotto casa mia, che Capezzone sta per trasferirsi in Australia, che esiste una velina vergine...

Madonne che piangono ce n'è un esercito, possibile che non ce ne sia una che ride? Non dico sbellicarsi... basterebbe anche un sorrisino tipo *Gioconda*. È un appello che lancio. Il mondo va a ramengo, c'è la chiazza di petrolio, il vulcano che rutta, un meteorite ci sta per piombare sul groppone: un quadro di una Madonna che sorride ci farebbe solo bene al cuore.

La Moratti ha finito il sale

Anche l'anno scorso, come ogni anno, è arrivata la neve. Non era qualcuno che scuoteva il pandoro dal balcone. Peccato che siano partiti degli emboli che neanche fosse scesa dal cielo l'Apocalisse. Tutti a gridare: "Emergenza, emergenza...". Emergenza una mazza. Nevica. Dovremmo essere contenti. Vuol dire che la Terra ha ancora qualcosa di normale. Invece è scoppiato un macello. Tutti a mettere in croce il povero Chiampa e la povera Moratti, che anima santa. Aveva poco sale. Anche a me capita. Tra l'altro, è successo perché l'aveva prestato a Chiamparino. Gliel'ha dato e perciò a Milano sono rimasti senza. Quando si è accorta che nevicava forte si è messa persino a dissalare le acciughe che aveva preso a Spotorno ma non è bastato... Lety, guarda, sei stata ben gentile, a darci il sale. Siamo in debito. Quando hai bisogno di due uova per fare la maionese suona pure da me.

Comunque è strano. La neve nelle favole rende tutti più buoni, e invece eran tutti isterici, sembrava fossero scesi dal cielo trenta centimetri di cocaina. Una lagna senza fine. "Eh, ma facciam fatica a camminare..." Certo che se ti metti i tacchi per far la figa, facile che vai lunga e tirata. Mettiti dei bei scarponcini come le pastorelle di Fatima, vedi che stai in piedi... la figa la fai quando i giardini di marzo si vestono di nuovi colori, deficiente.

"Eh, ma ci sono i marciapiedi pieni. E il Comune che fa?" E cosa fa? Fa passare gli spazzaneve, ma sulle strade. Non è che li fa passare sui marciapiedi, se no portano via anche i citofoni... Uno gentilmente prende la pala, si leva la neve dal marciapiede di casa sua e non rompe i maroni al sindaco. La pulizia del marciapiede spetta ai proprietari degli stabili, quindi spalati la neve davanti al tuo portone e falla finita! Se lo fanno tutti poi vedi com'è più facile camminare...

"Eh, ma dovevano chiudere le scuole." Probabilmente sì. Però se non ce la fai a portare tuo figlio a scuola, tienilo a casa. È un ragionamento difficilissimo? Non credo.

"Nevica. E con l'autobus c'ho messo mezz'ora di più." Ed è colpa della Moratti? Cosa deve fare 'sta disgraziata? Correre a raccogliere i fiocchi con la lingua di fuori? O magari con le chiappe, facendosi tirare per le caviglie, come si fa in spiaggia per fare la pista per le biglie? Non è che è nevicato solo per te. È nevicato per tutti. Avran tutti dei casini... pazienza... Se arrivi in ritardo Brunetta stavolta chiuderà un occhio.

"Dovevano mettere più autobus..." Certo. Chiampa adesso compera venti bus in più, li tiene in garage e li tira fuori solo quando nevica. Per te. C'è scritto nel bilancio comunale. Venti autobus in più per quella lì che si lamenta. Ma tira fuori il tuo SUV e sparisci. Si chiama fuoristrada no? E allora per una volta usalo per quel che è, che sei sempre lì a intasare in doppia fila davanti alla scuola col tuo autoblindo. Insomma.

Quando nevica gli unici contenti sono i bambini e

i cani. I bambini che si tirano le palle di neve e i cani che fan la cacca sul pulito. E poi, dopo qualche giorno, quando i bambini si tirano le palle di neve con dentro la cacca dei cani, la festa è bell'e finita.

Dove volano le aquile

Notizia coccodè, la notizia lonfardona, la "vieni avanti cretina". Una quarantanovenne britannica, tale Caroline, è finita in tribunale perché accusata dai vicini di fare sesso troppo rumoroso. Di metter su delle baraonde tonanti che disturbano i vicini. E lei si è giustificata dicendo che limitarla è una cosa che infrange i diritti umani. Che lei non ce la fa a stare zitta. È più forte di lei. Questo è un argomento che mi subissa di stimoli, non saprei da che parte cominciare, come diceva il calzolaio al millepiedi. Perché è anche normale, dico, che qualcuno durante le sessioni di sifonatura, quando viene rimosso il calcare dalle tubature, si entusiasmi tantissimo e dispieghi l'ugola. Ma in questo caso i vicini di casa hanno detto che le urla erano disumane, come quelle di "un omicidio". E cosa avrà gridato mai la Carolina? L'urlo di Tarzan che cade di culo sugli alligatori? Tra l'altro di mattina. Complimenti! Io al mattino mi sveglio con vicino uno in coma con le cispe sugli occhi... altro che gridare come una oranga sul barbecue.

Comunque, la donna nell'amore parla parecchio. Noi siamo più espansive. E diamo anche preziose indicazioni: "Non smettere, vai piano, pensa a me", "Per di qua", "Per di là", "Per di su", "Per di giù", la donna GPS. Procedere-per-zero-virgola-due-centimetri-e-accostare-alla-clitoride-ricalcolo. L'uomo invece generalmente sta zitto. Lei fischia, sbuffa, ulula, abbaia, frinisce e miagola; lui muto. Al massimo ogni tanto fa: "Sgnuf" o piazza lì una preposizione semplice, "di", "a", "da"... roba così. Quando, diciamo, è "sul pezzo" – si può dire, "sul pezzo"? Durante la movida? Nel gogamigoga? Nel ciupa dance, nel passion fruit? –, quando è là dove volano le aquile, insomma, durante le fasi di innesto dello spinotto, l'uomo si dà da fare senza tante scene. I maschi parlano tutto il giorno, il più delle volte sparando minchiate senza fine, ma almeno quando lavorano al talamo tacciono. La donna invece, tanto per cambiare, fa per tutti e due. O grida sempre "sì", o sempre "no", ma in quel caso rischia, cioè rischia che lui smetta. Consiglio: alternare un "no" ogni tre "sì", come si fa coi test per la patente, che li fai a cacchio. Anche perché il walter non sopporta l'intermittenza e a lungo andare si smonta. Ci sono donne che invece gorgheggiano come la Callas, ma senza sapere le note. Poi ci sono quelle che si incagliano su una vocale sola. La AAA: "Che bello"; OOO: "Meraviglia"; UUU: "Anche meno"; EEE: "Bene, ma basta". Frase che va bene in ogni occasione: "Non avevo mai provato una sensazione così". Vale per tutte le tasche. Sia per l'uomo incontrato in taverna che vi ha disvelato le porte del Paradiso, sia per il grissino pucciato nel Vin Santo che sta arrancando sull'ultima salita. Ci sono anche donne che simulano. Per farlo bene, amiche, un consiglio: dovete pensare di chiudervi le dita nella portiera della Micra. Insomma, l'amore è un po' come la postproduzione tivù, lei mette l'audio e lui si occupa del montaggio.

Un consiglio a Caroline e al suo Black & Decker: mascherate. Mascherate con dei trucchi la vostra prorompente sessualità. Tu e il tuo compagno fate finta di mettere su una mensola: "Piantalo più in basso, quel tassello!? Ecco! Ecco!! Ecco!!! Adesso è in bolla, e vai di trapano".

Caro il mio domatore...

In un circo in Ucraina un domatore mentre faceva il suo solito numero dei ciap è stato aggredito dai leoni che a momenti se lo pappano. L'hanno salvato per la pelle delle ginocchia e adesso sono lì a ricucirlo come un patchwork. Ma la cosa bella sono stati come al solito i commenti: "Mamma mia, poverino, che rischio... a momenti...". Come che rischio? A momenti cosa? Se ti vai a mettere nella gabbia dei leoni non è che puoi pretendere... lo sai. Non è che ti infili in una gabbia di galline che al massimo ti scagazzano sul mocassino. No. Ti infili una bella tuta di lamé paillettata, inforchi la frusta e se sei un vero barbis provi pure a infilare la testa nella bocca di un re della foresta.

Succede la stessa cosa coi toreri. Non so se avete notato, pure con loro poi la gente dice "poverini" quando il toro gli misura la febbre con uno dei corni.

Persino nei documentari del National Geographic quelli che mettono la testa dentro la bocca dei coccodrilli si stupiscono se poi per uscire gli tocca fare tutto il coccodrillo in lunghezza fino al derrière...

Caro il mio domatore, i leoni vengono a romperti le palle, a te? No. Stanno lì a sgranocchiare le loro carcasse di zebra e non ti considerano minimamente. Poi li vedi che son già delle bestie con le balle girate di default. Non ridono mai. Le scimmie ogni tanto almeno fanno vedere i denti e fanno quelle risatacce isteriche, ua... ua... ua, ma i leoni ti guardano sempre dall'alto in basso come se stessero masticando una cacca. I leoni sono un po' come Sgarbi, che anche se è tranquillo sai che prima o poi gli partirà l'embolo. Ecco. Tra l'altro c'è una differenza tra Sgarbi e i leoni. I leoni nove volte su dieci stanno tranquilli, Sgarbi si incazza di sicuro.

Che poi, cosa fanno fare a 'ste povere bestie? Salire sulle sedie. Capirai... Tutto il casino, gabbie, grate, fallo passare di qui, fallo passare di là, rullo di tamburi, tutti nel circo ad aspettare e a sfracassarsi le cime di rapa nell'attesa che succeda qualcosa per poi... farlo salire su un pouf?! Un seggiolone? Tutto lì. Ma perché? Chissenefrega. Che tra l'altro si vede che al leone non va di salire da nessuna parte tanto che il domatore ce lo deve far saltare su con la frusta. Lascia stare i leoni e facci salire i politici, che di stare sulle poltrone son contenti! Ne prendi tre o quattro, Rutelli, Stracquadanio, Micciché e Cicchitto e via. Prima ringhiano un po', poi il domatore, a calci nel sedere, li fa salire sul seggiolone e loro là stanno fino alla fine senza rompere l'anima.

La cosa più inquietante della vicenda del domatore ucraino, però, almeno per me, è che esiste, naturalmente, il filmato su Internet, ed esiste perché un americano, presente tra il pubblico, ha filmato tutto con la sua videocamera. Pensate che elemento... Ma vi pare che mentre due leoni stanno staccando parti del corpo a morsi e unghiate a un povero disgraziato, uno filma? Una persona normale urla, sviene, la telecamera gli cade, non so, se è un minimo altruista cerca di buttarsi in pista per aiutare; quello no, aziona lo zoom e controlla l'inquadratura. È orribile. La vita ormai serve soprattutto per metterla su YouTube.

Lifting al sedere

Sappiamo tutti che in questi ultimi anni va molto di moda la chirurgia estetica. Vi fanno ricorso un po' tutti, tranne me e, infatti, si vede. E tra tutte le operazioni sta spopolando il lifting al sedere. Adesso oltre che alzare le tette alzano anche il sedere. Forse sarebbe più comodo non andare contro natura. Se oltre ad avere le tette che scendono, a te donna scende anche il sedere, abbassati tu, invece di cercare di tirare su tutti e due, no? Comunque, adesso non si tirano su solo le filippe che col passare degli anni van giù come le foglie della kenzia, ma anche le loro cugine da basso, le natiche. E come? Innanzitutto col silicone. Il nostro caro amico silicone è un po' come il parmigiano: sta bene su tutto.

Allora: se avete le natiche scavate come le rocce carsiche, come le guance di Massimo Ranieri, vi fate fare una bella siliconata e vi spuntano due bei pandori. Se avete dei nei, due panettoni con l'uvetta. Se invece, come si dice, vi pesa il culo, e se ne scende... il mandolino diventa una viola da gamba. Succede, eh? Venezia va giù un millimetro all'anno, e anche il sedere delle donne si inabissa. Frana. Neanche Bertolaso può intervenire. È così. Quando avevate vent'anni il vostro sedere guardava le stelle e adesso guarda le formiche. Fra i trenta e i quaranta avete proprio la sensazione che il pavimento non sia fatto di ceramica ma di calamita. Un magnete. Lo sentite proprio il sedere, che tira verso terra. Si lascia andare. Cala. Va giù. Si tuffa senza rete. Se non ci fosse la gamba che la tiene su, la chiappa andrebbe volentieri a sfrantecarsi sul pavimento.

In che cosa consiste l'intervento? Si fa passare un filo ai lati del panarone e si tira. Boh, io ho capito così. Ma secondo me in questo modo il sedere più che alzarsi si arriccia. Come le tende. Non è che vi viene la lombare fru fru con i volant? No, perché lì tocca essere bravi. Perché se tiri troppo ti viene il culo a flauto traverso. A becco di Paperino. Prima ce l'avevi a mandolino, tiri troppo e ti ritrovi una balalaika. Un rombo. Ho letto pure che 'sti fili li potete fissare anche in verticale, ma non ho capito dove, se ve li mettono a zainetto sulle spalle, che come vi portate l'Invicta vi portate il derrière, o se ve li piazzano attaccati alla mandibola, che se sbadigliate poi va giù il culo. Magari ve li danno in mano. Due fili come per le marionette, che se li muovete sfasati sculettate.

Due metri di Manuelona di marmo

Hanno smontato la Arcuri. Hanno preso Manuela e l'hanno stipata nel capanno degli attrezzi. Nel magazzino del campo sportivo. Vi spiego. A Porto Cesareo avevano messo una statua della Arcuri sul lungomare come simbolo di bellezza e prosperità. Due metri di Manuelona di marmo. Tutto il resto in proporzione. Una cosina di buon gusto, solo le tette facevano ottanta chili l'una. Poi bianca, così sai le cacche dei gabbiani... Non so che cosa mangino i gabbiani, ma fanno delle robe che fanno paura, ci avete fatto caso? Fanno come i Canadair, quegli aerei per gli incendi, sganciano un fiotto di parzialmente scremato e fran... un tapis de merde. Sembra che spremano un tubetto di dentifricio in volo. Può essere persino che la statua in origine fosse di pietra vulcanica nera, e poi è diventata bianca per via dell'esprit de gabbian, la crème de la mère... Certo che 'sta statua potevano almeno farla fosforescente, che illuminasse fino alla Calabria, così nella tempesta vedevi da lontano una gnocca luminosa che ti portava dritto in porto.

Adesso le mogli dei pescatori si sono incavolate. Devo dire non proprio a torto. Un conto è mettere la statua di una donna generica, la moglie di ogni pescatore che aspetta sul molo il suo ritorno, un conto è la Arcuri, vi pare? Fate subito il confronto. Tra l'altro è anche brutto per i mariti. Passi per quelli che hanno le mogli fighe, ma se tua moglie è racchia, vedi la Arcuri, pensi a tua moglie e ti viene da girare il peschereccio e tornare a pescare le vongole cornute per altri sei giorni... Le mogli dei pescatori hanno firmato una petizione e alla fine hanno vinto loro. Sono riuscite a far togliere la statua di Manuela che verrà sostituita con la statua della Madonnina del mare. Così si taglia la testa al toro... ops. Meglio, a caval donato...

Certo che passare dalla Arcuri alla Madonna è un bel salto di genere. Magari era meglio fare un passaggio intermedio, tipo la statua della Binetti legata come un salame con le reti da pesca, tipo cilicio, non so... anche Rutelli con un merluzzo in mano, volendo, poteva andare.

Dicesi mignotte

Siamo un po' provati dalla vita, questa è la verità. E l'attualità certo non aiuta. Adesso ci si mette pure Ahmadinejad, il presidente iraniano che ha il nome che sembra un lamento e la faccia da prete appena uscito dal solarium. È arrabbiato con l'Italia. Si è incarognito con Berlu per le dichiarazioni che ha fatto durante la visita in Israele. Anche lei, Sire, cosa va a sfrucugliare uno così? È come andare da Tyson a dire che ce l'ha piccolo. Mi rivolgo a Frattini e a Berlu. Cortesemente. Chiedo per favore, amici. Vi prego. Vi supplico, mi raccomando e imploro. Fate attenzione. Per voi e per noi. Perché quello lì è un truzzo. È un attimo che prende la mira e ci spara un missile nel netagnau. Ahmadinejad non è come Bersani che se lo prendi per il culo ti sopporta, è un fanatico! Viene qua con due scimitarre e ci sfoltisce il toupet!

Io una soluzione per fermarlo ce l'avrei. Intanto lasciamo a casa l'Intelligence, che li chiamano Intelligence e poi si fanno delle figuracce spaventose; io non dico di chiamarli "I pirla", ma anche un nome meno impegnativo, comunque dicevo... strategia. Ahmadone lo devi prendere con le buone. E poi raggirarlo. È un maschio. Devi stimolargli il sottocintura.

Sire, siamo nelle sue mani. Lo inviti a Villa Certosa. Se lo porti in Sardegna con quattro belle ragazze, vi mettete lì, uno toglie i veli, l'altro li rimette, e passate il tempo. Poi appena Ahmy è lì con il pantalone calato... trac... foto. Ed è fatta.

Capite, lui col velo giù, i suoi a casa col velo su, scoppia il casino. Invece di fotografare i missili iraniani dal satellite, fate una zoomata sul missile di Ahma, e poi lo costringete al negoziato. È l'unica, credetemi.

E vi dirò di più... Sapete chi è il nostro uomo? Corona. La risoluzione della crisi iraniana dipende tutta da Corona. Io già me lo vedo Signorini che va a negoziare a Teheran... Dài. La realtà ce lo conferma. Voi maschi mettete su dei torroni pazzeschi, governate Stati, ricostruite città, scoprite l'America, andate sulla Luna, e poi appena vedete una gnocca... fran... crollate. Voi maschi pensate col pisello, non col cervello. Avete la materia grigia stipata in un tubo del dentifricio. Per forza, che l'elettroshock non funzionava, applicavate gli elettrodi nei punti sbagliati. Vi parte il walter e voi gli andate dietro come un bambino segue l'aquilone. Vi fa da GPS. È il walter che stabilisce la rotta. Un boma. Basta una escort, una fanciulla, una giovine, una... mignotta. Ecco. No, non mi veniva la parola... perché adesso basta anche con i termini politically correct. Un'accompagnatrice, una segretaria particolare, una giovane sessualmente coinvolta, no. Non facciamo confusione. Unifichiamo i termini. Ci sono cose che è la funzione che le definisce: utensile dotato di manico e punta atta ad avvitare le viti, dicesi cacciavite. Donne che per soldi aprono le gambe, dicesi mignotte.

La fuga di gas

Australia. Panico a Melbourne. Quindici vigili del fuoco con due autobotti sono accorsi in una proprietà ad Axedale, presso Bendigo, dopo una chiamata che denunciava un forte odore di gas. Si temeva una fuga di gas ma arrivati in loco si è svelato il mistero. Non era una fuga di gas. Era un maiale con dei grossi problemi di... aria retrostante. Flatulenza. Una scrofa, che per motivi di privacy chiameremo Pet, ebbene Pet, coi suoi "do" poco di petto, anzi, volendo anche di petto, ma con tanto fiato dentro, ha mobilitato i pompieri. Che sono arrivati, hanno capito cos'era – ora non chiedetemi come se no mi tirate verso il baratro –, e poi si sono fatti quattro risate. Vi immaginate che cosa deve essere stato per chiamare i pompieri? Duecento chili di scrofa? Un tornado. Un evento eccezionale anche per lei, povera Pet. L'avrà sentita montare dentro almeno un'ora prima. Due avvisaglie di poco conto, con una avrà stordito un tacchino e con l'altra scoperchiato la cuccia del cane, poi... alé, fiato alle trombe, Turchetti. Partito il super jackpot, l'alloro olimpico, la magna sberla, l'eco sarà rimbalzata nella valle. In Australia, poi – già non c'è niente, un ranch, due cespugli e una staccionata –, avrà fatto tabula rasa. Io penso alla faccia della scrofa. Perché, secondo me, non avrà avuto un'espressione di timido disagio. Anzi. Me la immagino con l'occhio sornione. Tronfia. Lo sguardo di chi dice: "Allontanatevi che vi sparo una botta che vi cambia la visione del mondo. Non tornerete mai più quelli di prima". Una scrofa con un ritorno di fiamma del genere può diventare un pericolo. Ora, finché è aria, come è venuta se ne va, ma con un innesco? Salta la scrofa con tutti i porcellini. Vedrete se gli americani non la sfruttano. Le faranno fare dei corsi new age di pet therapy e poi ci faranno un film di quelli catastrofici, *The Big Bang of the Big Pig* ovviamente in Dolby Surround, con Brad Pitt nella parte del pompiere che prima della catastrofe riesce a infilare il tappo. Brad Pitt contro Gran Pet. E la Carlà Bruni nella parte dell'ausiliaria che, prima che Brad riesca a mettere il tappo, cade nel compimento del dovere colpita di striscio da un colpo di avvertimento.

La macchinetta del caffè di Clooney

Va detto, i Mondiali sono trenta giorni di fulgido scassamento di balle. Sì, perché quando iniziano i Mondiali a voi maschi parte l'embolo, vi foderate al divano e non vi schiodate più. Poi, come se non bastasse, settimane prima dell'inizio, in tivù fanno vedere le partite vecchie tipo Italia-Germania 4 a 3. Bella, eh? Bella partita. Bellissima. Peccato che adesso ci abbia un po', lo dico con rispetto e stima grande, affettato il walter a fette sottilissime come il San Daniele. È come vedere la milionesima replica della *Principessa Sissi*. Vorreste spararvi.

Ma la roba brutta è che voi maschi dominanti 'ste partite ve le vedete tutte. Mica solo l'Italia. Vi vedete anche Serbia-Ghana. Non sapete neanche dov'è il Ghana, non avete mai capito la differenza fra Serbia e Bosnia, ma se giocano a pallone vi interessano. E se giocano alle tre di notte vi puntate la sveglia per vederle. Poi la sveglia parte, voi non la sentite, ma la sentiamo noi che la testata alla Zinédine Zidane ve la tireremmo volentieri negli zebedei.

Tra l'altro ho scoperto una cosa che mi ha fatto molto ridere. Il portiere della squadra del Cracovia sapete come si chiama? Merda. Di cognome. Lukasz Merda. Lo potrebbe comprare il Real Madrid che si è già comprato Kaká, e quindi è già nel ramo rifiuti corporei... magari porta anche fortuna. Uno fa l'augurio a inizio partita: "Merda!". Lui si gira e gli altri pem!, gol! Se fai un fallo sul portiere puoi sempre dire: "Ho pestato una...". Sembra brutto da dire, ma in polacco quella parola lì non vuol dire niente. Per i polacchi sono cinque lettere a caso, come i nomi dei mobili dell'Ikea. Tra l'altro potrebbe anche starci, tra la cassapanca Lapola e l'abat-jour Trunfa, un divano M. Secondo me però all'Ikea c'è proprio una commissione apposta che controlla che 'ste combinazioni di lettere non vogliano dire una mazza in nessuna lingua. Ci deve essere uno che si tiene aggiornato su tutto il nostro turpiloquio, e poi come vede che Testadiminchia noi lo usiamo per insultarci fanno a meno di chiamare così il comò.

Comunque adesso c'è un po' la moda dei nomi a caso dei prodotti. Come i nomi delle cialde della macchinetta del caffè di Clooney. Tu metti nella macchinetta 'sto cappellino ripieno di caffè e prit, ti sbuca fuori un caffè dall'aroma sempre diverso. Tutti buonissimi, per carità. Ma i nomi? Ne vogliamo parlare? Vuoi dare un nome a ogni cialda? Perfetto. Fallo. Ma che abbia un senso, però. Non 'sti nomi a capocchia: Vivalto, Volluto, Finezzo, Fortissio, Livanto... Ma chi li inventa 'sti nomi? Luca Giurato? Ma gli ideatori di 'sti nomi portatemeli a benedire, aiutateli con dei logopedisti... Vivalto, Fortissio e Finezzo? E Stramasso, Spetazzo e Galoscio, no? Adesso senti dialoghi del tipo: "Gianroberto, ti faccio un caffè?". "Sì, un Trombonio in tazza grande, grazie." A dire il vero ce n'è uno con un nome normale: Roma. Che tu pensi: "Lo faranno a Roma, no?".

No. Lo coltivano in America centrale. Cosa lo chiami Roma a fare? Potresti anche chiamarlo Pinerolo, tanto è uguale. D'altronde la macchinetta si chiama Nespresso. Non "espresso", troppo facile. "Nespresso", con la negazione davanti. Se attecchisce 'sta moda qua di mettere una enne davanti ai prodotti siamo rovinati: avremo la naranciata, la ncoca e il ntè.

Ha cercato di stuprare un procione

Meraviglia. Degli studiosi di Lecce hanno scoperto che esiste un essere vivente eterno. Tranquilli. Non è Berlusconi. Lui non è eterno, è un sempreverde. Come il pino silvestre e l'alloro. Eterna è una medusina di quattro-cinque millimetri che si chiama Turritopsis nutricola e che, quando diventa vecchia, si rintana sul fondo del mare e ritorna bambina. Un po' come fa la De Blanck, che ogni trent'anni si rintana in una clinica e ritorna giovane anche lei. Però la medusa non spende un euro, perché appena diventa vecchia inverte il ciclo biologico e torna pischerla. Pensate che inferno. Restare medusa per sempre... trasparente, molle, con quattro fili che vi pendono da sotto... senza futuro. Almeno la tenia ha la speranza, un giorno, di reincarnarsi in un galletto Vallespluga. Molto meglio la reincarnazione dove almeno cambi un po' vita: oggi rana, domani faggio, dopodomani Cicchitto, poi muffa, poi sarago... Insomma, almeno cambi prospettiva. Invece così si ripete la stessa vita all'infinito. E poi, vita da medusa. Grande mezzo centimetro. Già viverla una volta dev'essere una rottura di palle micidiale, figurarsi all'infinito... poi piccola così non puoi neanche ustionare come si deve un bagnante. C'è solo una cosa che è peggio di vivere per sempre da medusa: è rimanere eternamente Capezzone.

Un'altra storia pazzesca sempre in tema di animali. Un signore russo di quarantaquattro anni ubriaco perso ha cercato di stuprare un procione. Usciva dal bar pieno zeppo di vodka, combinazione ha incontrato un procione e ciao ninetta. E meno male che non ha incrociato una ragazza. Forse ha scambiato il procione per una ragazza. Sapete, ciucco perso e magari orbo, è un attimo scambiare un procione per una tota bassa, con la pelliccia e le occhiaie. Magari ha pensato: "È piccolina, ma si sa che donna nana eccetera eccetera, io mi butto". E si è buttato proprio, con la patta aperta e il walter già in postazione di comando. Peccato che al procione questo tipo non piaceva per niente. Così si è difeso, e nella colluttazione gli ha staccato il walter con un morso. Un classico. Finisce sempre male, il walter. Io credo che sia 'sta forma a salsicciotto che attira. È quell'aria da würstel a cui manca solo la senape, che... Se glielo facevano rettangolare, all'uomo, probabilmente se ne staccavano di meno, a morsi. Magari ogni tanto a qualcuno gliene portavano via un angolino. Come quando si stacca un pezzo di Toblerone. Comunque sia, il procione è tornato nel bosco col suo trofeo e lo stupratore mancato è filato in ospedale, dove hanno salvato il salvabile.

Alla fine, la morale è questa. Chi non ci vede benissimo e spesso si imbriaca, prima di provarci con una o uno è meglio che ci scambi due parole. Anche poca roba, tipo: "Ciao, come ti chiami?". Se lui o lei rispondono grr, miao, bau, iiii conviene riporre l'Excalibur nell'apposita cassettiera. Visto quello che sta succedendo in Italia, vorrei dire a Maroni che invece dei militari si potrebbero sparpagliare per le strade un po' di procioni. Spiace per i poveri animaletti. Oltretutto, insieme agli stupratori rischiano anche quelli che fanno pipì agli angoli delle strade con cappotto di alpaca, ma almeno noi donne siamo più sicure.

Tremonti sa di spinacio

Ma sì, ha ragione Berlu. Sdoganiamo le femmine in politica. Avanti con l'ormone femminile intelligente. Basta con 'sti onorevoli, vecchi, "malvestiti e maleodoranti". Maleodoranti fa ridere... è una parola che di solito si usa per i formaggi francesi... il Camembert, le tomette stagionate di capra, i tomini... Detto così sembra che siano andati a male. Pensate che io avevo l'immagine del Parlamento come di un museo, tutto asettico e inodore. Adesso quando lo vedo in tivù mi immagino l'afrore che esce dal frigo quando lo apri al ritorno dalle ferie, che appena spalanchi la porta ti leva via l'abbronzatura. Dobbiamo fare un toto tanfo. Di cosa sanno i politici? Vediamo. Tremonti di spinacio bollito, La Russa di crosta di pecorino al pepe misto cuoio di scarpa nuova, Bondi di sacrestia con retrogusto di impagliatura di sedia, Cicchitto di finocchio lesso delle mense degli asili, Calderoli di bollito misto. Brunetta è così nervoso che fa l'odore dei petardi appena esplosi. Di Pietro sa di varano se non gli cambi la sabbietta, Capezzone sa di cimice quando la schiacci. Meglio le donne. Assolutamente.

A proposito di femmine. Anche il Vaticano smolla. Oh yesss... si modernizza, si apre al mondo e big surprise... accetta le donne come Guardie Svizzere. Parlapà. Che uovo fuori dal cesto. Che colpo di coda di squalo. Mi sa che dietro c'è lo zampino di Emi, che è un volpino. Eminenza? Eminens? Complimenti, che zampata da vecchio leone, bravo. Quindi, in pratica, messa non la possiamo dire, ma da adesso quando cala la notte ci sguinzagliano nei giardini del Vaticano come mastine napoletane. Che figata, ragazze. Io ce l'avevo proprio qui, di non poter fare la Guardia Svizzera... Non vedevo l'ora di starmene piantata davanti al Vaticano con la mia brava alabarda, i pantaloni a sbuffo a righe gialle e l'elmo col pennacchio. Unico neo, la calzamaglia color crema che ingrossa il polpaccio. Anche la scarpa piatta con la ghetta non slancia.

Ma cos'è che ci vuole per fare la Guardia Svizzera? Mi sono informata: ragazze, prendete nota. Intanto, essere cittadino svizzero. E lì, è normale: un maratoneta etiope dev'essere etiope, il mandarino cinese è cinese, e la Guardia Svizzera è svizzera. Quindi la femmina svizzera è avvantaggiata: Heidi e Michelle Hunziker partono col piede giusto, Lady Oscar e la Ventura, per dire, no. Poi, essere di fede cattolica. Anche lì, è normale: sono guardie del Vaticano, un buddhista farebbe specie. La Guardia Svizzera che fa: "Oooom" disorienta i turisti. Speriamo solo che non tocchi anche alle suore. Perché guarda che con questi chiari di luna... con tutta questa crisi, che vengano le svizzere dalla Svizzera... non so, sapete? Non vorrei che alla fine a qualcuno venisse in mente di usare le monache. Ne prendono due, magari anziane, già un po' frollé, alte come comò, neeeeeeere e con un filo elegante di baffo, e alé. Così gli tocca poi, finito di lavare e stirare, fare anche la guardia con l'alabarda. In quel caso sarebbe decisamente meglio l'Inferno.

Il maialino di Paris Hilton

Una notizia di cui francamente non si può proprio fare a meno. Paris Hilton c'ha fatto sapere che dorme con un maiale. Si è comperata una bella maialina rosa, l'ha chiamata Princess Piglette e se la tiene a letto con lei. Sotto le lenzuola. Per carità. Una è libera di scegliersi i compagni di letto che vuole. Ci mancherebbe. Peccato che il dialogo con un suino venga un po' a mancare. È anche vero che ci sono uomini che invitati a scambiare quattro chiacchiere al massimo grugniscono quanto un verro e anche come livello igienico nulla hanno da invidiargli. Ma tant'è. Io la stimo quella donna lì. Paris è sempre una sicurezza. Se può fare una minchiata la fa. Non si tira mai indietro. Domani le gira di segare una sequoia con la seghetta per le fialette? Lei lo fa. Le viene di andare nella curva della Roma a gridare "Forza Lazio" e prendersi un bel bouquet di calci in culo? Lei lo fa. Tempo addietro ci aveva anche fatto sapere che mangiava solo polli e tacchini che arrivavano dall'Italia. Se li faceva spedire apposta. Lì ho tremato perché mi son detta: "Speriamo che non mangi anche le oche, se no è cannibale".

Pensate come sarà contento il suo fidanzato, della

Paris dico... Per fortuna lei è magrissima e tutta spigoli, se no è un attimo che lui allunghi la mano, senta morbido, e si dedichi alla maiala invece che a lei. Ma senti, ma uno come suo padre, il signor Hilton, nipote del fondatore della catena di alberghi famosi in tutto il mondo, ma uno sforzo in più per non generare una figlia che è un bungalow di cazzate non lo poteva fare? Comunque il suino domestico non è una novità. Anche George Clooney aveva un porco in casa. Aveva 'sto porcellino, Max, che viveva con lui. Poi Max è morto, George se n'è fatto una ragione, e si è fidanzato con la Canalis.

Le follie di questi tempi pullulano. Un operaio extracomunitario del Ghana che abita a Modena ha avuto un figlio e sapete come l'ha chiamato? Silvio Berlusconi. Silvio Berlusconi come nome, Boahene di cognome. Come sarà il diminutivo di Silvio Berlusconi? Papi? La cosa bella è che l'impiegato dell'anagrafe non ha fatto un plissé. Non una piega. Ma ti pare? Se solo qualche mese prima ci avevano fracassato l'anima con quei tizi di Genova che volevano chiamare il figlio Venerdì e li hanno coperti di contumelie. Gli hanno berciato dietro che non si poteva chiamare un figlio Venerdì: "Guardate, se proprio volete un giorno della settimana fate una figlia e la chiamate Domenica, ma Venerdì no, fa schifo anche ai maiali". E adesso? Questo chiama il figlio Silvio Berlusconi e tutti clap clap, bravi, ma che bella idea? Ma abbiamo il cervello rosicchiato dai tarli? Il bello è che a 'sto disgraziato gli hanno anche chiesto: "Perché non l'ha chiamato Pierluigi Bersani?". E lui ha risposto: "Non so chi sia". Tenendo conto che il signor Boahene è un operaio e non un industriale, la cosa è abbastanza inquietante. Comunque, se questo è l'andazzo, si spalancano le porte a dei bellissimi nomi di battesimo: Larussa per una bambina è quasi meglio di Larissa, che sembran due che si picchiano. Per dire, Bocchino magari no, ma Casini, per due gemelli, essendo plurale potrebbe essere un'idea. Se son due femmine? Cota e Zaia. Perfetto.

E sempre a proposito di nomi, non so se lo sapete, la Gregoraci, moglie dell'esimio Flavio Briatore, ha partorito. Che giubilo. Il nome prescelto è stato Nathan Falco. Nathan Falco Briatore. Non è male. A me non spiacerebbe anche Merlo, che così quando torna da scuola con un bel voto potete dirgli: "Bravo Merlo!". Però hanno detto che se era una femmina l'avrebbero chiamata Kenya o Asia. Eh, ma allora i conti non mi tornano. Cosa c'entra Falco? Scusate, un minimo di logica. Se scegli gli Stati scegli gli Stati, se scegli gli uccelli scegli gli uccelli. Per dire. Volete chiamare la femmina Asia? Allora se è maschio dovete chiamarlo Uruguay. I continenti li ho controllati, sono tutti out perché sono femmina. Chiamatelo Sudan. Congo piuttosto. Così poi quando nasce la sorellina fate Congo e Kenya, fighissimo. O se no, se fossero due gemelli, Burkina e Faso. Oppure teniamo buoni i volatili e se va bene Falco, per la femmina potrebbe andare molto bene Poiana. Che almeno rimaniamo nel campo dei rapaci. Se sono una coppia di gemelli allora ce n'è uno magnifico. Coco e Rita.

Naso corto walter lungo

In campagna elettorale promettono qualsiasi cosa. Pure di ridare la parola ai muti, le gambe a Pistorius e la Corsica all'Italia. Allora, amici dal colletto stirato che, per non dire una mazza, parlate complicato? Le promesse le abbiamo già sentite tante volte, ma viste mantenere mai. Io propongo una nuova strategia: il capitolato, come quando fai ristrutturare la casa, con costi, tempi e consegna. E tu scegli quello della ditta che ti dà più garanzie. Facciamo lo stesso coi politici. Con la penale. Volete fare il ponte sullo Stretto, per dire? Perfetto. Scrivete: "Io sottoscritto della ditta PD o PDL, dichiaro sotto mia responsabilità che entro il tal giorno dell'anno tot consegnerò i primi due piloni di 'sto benedetto ponte". Arriva la data e i piloni non ci sono? Benissimo. Sapete dove ve li infilo, i piloni? Altrimenti il ponte finito lo vediamo quando la figlia di Totti va in pensione. No, perché se non siete in grado di fare il ponte sullo Stretto, lo dite. E passate a una cosa più semplice, tipo cambiare i fiori sul lungomare di Reggio Calabria. Promettete soldi per la ricerca? Arriva il giorno e i soldi non ci sono? La ricerca la facciamo noi. Casa per casa, e se siete gli stessi del ponte vi spingiamo i piloni più profondamente sempre dove non batte il sole. Se no è facile promettere, sono capace anch'io.

Altra soluzione: affittiamo tutta la classe dirigente norvegese al completo, destra, sinistra e centro, che ci conviene di brutto perché fra l'altro ci sono dei pezzi di vichingo alti tre metri che scusa se è poco. Se non capiamo quello che dicono, meglio. Possiamo finalmente occuparci d'altro.

Sapete qual è il vero problema in Italia? È che non capiamo mai chi dice le bugie. Ma io dico, il Creatore, a chi racconta balle, non gli poteva far crescere il naso come a Pinocchio? Un bel lodo Collodi. Ogni volta che un politico dice una bugia gli cresce il naso, così almeno lo sanno tutti e non si perde tempo. No, perché così ti accorgi subito se un politico dice le bugie. Per un mese o due può mascherare, dire, non so: "Ho avuto uno spostamento del setto nasale", "Ho sbattuto contro il termosifone", "Come prendo qualche chilo mi va subito nel naso", "No, non mi si è allungato il naso, mi si è accorciata la faccia", ma quando poi va in giro con una canna da pesca non può svicolare... E nei casi più gravi, se uno è recidivo, oltre a crescergli il naso gli si accorcia il walter. D'altronde se la materia di base è quella, per la legge del "nulla si crea, nulla si distrugge", se si allunga da una parte di conseguenza si accorcia dall'altra. Gli italiani in fondo se ne fregherebbero di avere il naso da Pinocchio. Ma non potrebbero mai sopportare di avere il walter corto. Califano dev'essere uno sincero. Il naso non lo ha più, e sotto deve avere una chitarra Fender Stratocaster.

Napisan e Barbapapà

Specchio specchio delle mie brame, chi è la più pirla del reame? Eccola qua. Con la faccia sbacalita del tonno quando il marinaio gli dice che sta mangiando sua suocera... l'avete mai vista quella pubblicità orripilante che passava in tivù? Col marinaio nella cambusa che masticando il tonno in scatola consolava un gruppo di pescioni attoniti dicendo: "Son sempre i migliori che se ne vanno...". Una roba così macabra che faceva venire la pelle d'oca... Così mi sento. Un po' tonna. No, perché in Italia è uno scandalo via l'altro. Non riesci a starci dietro. I politici fanno a gara uno a metterlo in quel posto all'altro. E non solo in senso metaforico. Apri gli armadi e piovon giù cataste di scheletri. Ormai la mano sul fuoco non la metterei per nessuno. Le mani piuttosto me le metterei da altre parti. Tipo una davanti e una dietro che non si sa mai. L'unico su cui giurerei è Napisan. Anzi per la verità prima erano due. Napisan e Barbapapà. Ma pare che sia saltato fuori un video in cui Barbapapà salta sulle piume al Gabibbo. Invece su Napisan sono sicura. Lui è veramente uno al di sopra delle parti. Anche delle parti del corpo.

Quello che stupisce è anche dove trovino il tempo.

No, dico. Noi che facciamo mestieri più o meno normali siamo sempre di corsa. Trafelati. Affannati. Noi bagiane non abbiamo neanche tempo di andare a fare la tinta e voi badola di sedervi dal barbiere a farvi fare la barba come si deve. Questi qua, i politici dico, che noi paghiamo profumatamente, hanno invece del gran tempo da perdere, delle mezze giornate per coltivare i vizi. Poi ci mancherebbe, il privato, lo dice la parola stessa, è privato, uno può fare quello che gli pare. Anche fare l'amore con un rinoceronte o con un palo del divieto di sosta, per quel che mi riguarda. E non credo nemmeno che 'sto gusto per la tromboiserie fuori dai canoni possa interferire sulle prestazioni lavorative. Anzi. E vorrei dire, anzi. Forse sono persino più carichi.

La cosa che stupisce è che quando si rivolgono a noi, i politici, parlano sempre di fiducia. Vogliono la fiducia degli elettori, chiedono la fiducia al governo. Ma come? Proprio voi? Ormai non si fa più niente, neanche una legge sulla stagionatura delle scamorze, senza chiedere la fiducia. Quando l'approvazione di una legge è complicata, tocca mettere d'accordo tanti pareri, si rischia di non avere la maggioranza, si chiede la fiducia ed è bell'e fatta. Si usa la fiducia come il Guttalax, per costringere il Parlamento a scodellare le leggi senza troppi sforzi, fiducia a effetto lassativo. Ma scusate, io credevo che fosse Galbani, che voleva dire fiducia. Non Cota e Alfano. Ma come si fa ad andare avanti a colpi di fiducia? A casa mica facciamo così! Non è che se tuo marito ti dice: "Stasera esco, dove sono i preservativi?", tu gli chiedi: "Dove vai?" e lui ti risponde: "Abbi fiducia". Di solito si discute. Al limite gli si mettono le mani addosso e i preservativi in quel posto con tutta la scatola, vi pare? Che poi se vogliamo mettere i puntini sulle i, se avessero veramente fiducia, farebbero il dibattito in Parlamento e la votazione normale, no? Invece proprio perché non si fidano, non fanno che chiedere la "fiducia". Perché sanno di tradirla loro per primi. Fiducia e non rompete i Maroni. Inteso come ministro e come balle. Allora sentite. O la eliminiamo dal vocabolario o, se proprio non riusciamo a governare senza, non chiamiamola più fiducia almeno. Chiamiamola "votacchio", il voto a cacchio.

Come piegare la scheda elettorale

Siamo veramente un paese di dementi. Napisan? Rinchiudici tutti in un manicomio e butta la chiave che sei l'unico che ha ancora un po' di senno a questo mondo. Dico, avete visto l'ultima scheda elettorale? Una scheda enorme. Saranno stati due ettari di cellulosa. Non era una scheda. Era un pareo. Una tovaglia da picnic dove potevi usare i simboli dei partiti come poggiabicchieri. Se ci facevi un buco in mezzo la potevi utilizzare come poncio. Un incubo pure il ripiegamento. La mia ha fatto la fine di una cartina stradale che come la pieghi la pieghi non c'è niente da fare, non si sistema più. Alla fine come copertina c'hai gli Appennini o la Corsica ciancicata. Ho dovuto piegarla in due come le lenzuola! Sono uscita dall'urna e ho chiesto aiuto allo scrutatore: "Scrutatore? Lei prenda di là! Io di qua. Uno due tre... tira!". La prossima volta fateci votare su una parure matrimoniale, una lastra di marmo con uno scalpello, un rotolone Regina, così prima di riuscire a srotolarlo tutto avranno già chiuso i seggi. Altrimenti brevettate almeno una matita adeguata. Scusate: per una grande scheda ci vuole una grande matita. Come il grande pennello. Lunga come il randello di Brighella. Arriverà ai seggi su motoarticolati insieme ai pezzi del ponte sullo Stretto. Il vantaggio è che non te la puoi rubare perché se no se ne accorgono. Non come con le matitine dell'Ikea.

Ma va be'... Vediamo i lati positivi. Finalmente per un po' smetteremo di sentire le promesse dei candidati. Quel modo di dire che mi fa venire l'orticaria: "Sono molto sereno". Non so se avete notato, quando li intervistano, dicono sempre: "Io sono molto sereno". Come molto sereno? Mi agito io, che mi basta vedere la tua fotografia e mi viene l'eczema, e tu sei sereno? Che mi cedono le ascelle e mi si imperla il sottonaso appena compari in tivù? Amico? Tu ti devi agitare. Ti devi agitare come uno shaker, ti deve venire un buchino così stretto che non ci può più passare neanche uno spillo, vista la responsabilità che hai deciso di assumerti. Altro modo di dire che non tollero è: "Io dico sempre quello che penso...". Mmm... Adesso va di moda anche 'sta frase qua. La dicono tutti, dai politici ai concorrenti del *Grande Fratello*. "Io dico sempre quello che penso." Certo. Peccato che pensi una minchiata, una belinata reale, un pensiero reietto e sminchionato. Che hai due neuroni due che funzionano come la corrente alternata... che nel testolino ci tieni rane e segatura. Non dire quello che pensi, ti prego. Taci. Perché se lo dicesse Schopenhauer magari gli presto attenzione, ma se lo dici tu, capisci bene che... Oppure dicono: "Io sono sempre stato me stesso". Ecco, appunto. Il problema è proprio quello, che sei sempre stato te stesso. Non puoi provare almeno per un minutino a essere un altro, magari qualcuno meno scadente di te? Tuo fratello furbo, per dire?

Gli SMS della Befana

Ogni anno, passato il Natale, tiriamo un sospiro di sollievo. Perché fortunatamente è finita la tiritera degli SMS natalizi. Quelle grandinate di cazzate che ti arrivano sotto le feste e che non fanno piacere a nessuno. Solo agli operatori telefonici. Quei messaggini che fanno gli spiritosi, quelle orride poesiole in rima, quelle mefitiche filastrocche che schifano anche i bambini dell'asilo. BABBO NATALE CON I SUOI GNOMETTI HA SUDATO PER MESETTI PARTE IN VOLO TRA UN POCHINO PER PORTARTI UN REGALINO GUARDA BENE È SPECIALE I MIEI AUGURI DI NATALE! Ma sparati. È Natale e ti odio. Ti sembra normale? DAL VICINO CAMINETTO VIENE GIÙ UN ANGIOLETTO... E rimandalo su, chi te l'ha chiesto? Ti ho forse mandato un SMS chiedendo di spedirmi un cherubino, per caso? Allora sparisci. No, perché è Natale, dovresti essere più buona, amare tutto il mondo, poi ti arrivano 'sti SMS e ti spuntano i canini da vampira di *Twilight*. E vogliamo parlare di quei messaggini zen lunghi otto chilometri? Tipo: TI AUGURO CON TUTTO IL CUORE CHE IL KARMA DEL NATALE TI AVVOLGA LO SPIRITO NEL SUO AMPIO MANTELLO, E CHE LA LUCE DEL SOLE UNIVERSALE TI ACCAREZZI L'ANIMA... Ma l'anima di tua sorella, quanto ti detesto. Avvolgiti nel tuo mantello e levati di torno. Poi, il bello è che i mandanti di 'ste boiate non si firmano. Tutto un pappardellone che per arrivare, pipit pipit pipit, ci mette mezz'ora e poi Buon Natale fine. Tutto 'sto torrone e poi non c'è la firma. Perché non c'è la firma? Io voglio sapere chi me l'ha mandato. Ma non per ringraziare. Nooo... Per sapere chi odiare. Perché non voglio un odio così, senza confini. Un odio sans frontières come i medici. Io voglio che sgorghi da me un odio preciso, col perimetro. Un odio col bersaglio. Invece niente. Oppure la firma: Gianni. Gianni chi? Conosco ottantasette Gianni, posso mica rispondere: "Grazie" a tutti e ottantasette. Peggio ancora quando si firmano persone ignote. Franca e Lucio Mammalucchi. Mai conosciuti. Non pervenuti.

Almeno voi maschi vi risparmiate gli SMS della Befana che sono i peggiori. L'anno scorso ne andava molto di moda uno: POTRESTI MICA MANDARMI UNA TUA FOTO PERCHÉ NESSUNO CREDE CHE CONOSCO LA BEFANA? Ecco. Tu pensi subito a chi te l'ha mandato 'sto messaggio. Che non è esattamente Monica Bellucci. E ti vien da dire: "Ehi, senti un po', bella? Io sarei la Befana? E tu che hai il naso che piscia in bocca, la pelle muffita come il gorgonzola, e ti speli come i serpenti che fanno la muta, cosa sembri? Gollum, pezzo di cretina fatta e finita. Mostra".

Mastrota fa brillare le pentole

Si sta avvicinando il Natale e noi bagiane siam già qui che facciamo i salti mortali. Le acrobazie come quelle, viste in uno spot, della tizia che si danna l'anima a cucinare con la voce sotto che le dice: "Smettila di fare i salti mortali in cucina, compra il polpettone già fatto!". Tra l'altro in una cucina che è grossa due metri per due, con un angolo cottura minuscolo, che tu pensi: se fa quelle robe lì in cucina, in salotto cos'ha montato? Il trapezio per lavare i vetri? Per pulire la vasca si tuffa dal boiler? Una deficiente col cervello fatto di purea. Sono così, le donne della pubblicità: o idiote, o nude, e se sono sia idiote sia nude è il massimo. A volte cantano accarezzandosi le calze. E finisce che scatta la polemicona. Tutti contro la pubblicità delle calze che ha usato come sottofondo l'*Inno di Mameli*... "Sorelle d'Italia..." Tutti a dire: "Eh, ma che roba, usare l'*Inno di Mameli* per un collant...", "Eh, ma usare così l'elmo di Scipio...". Ma scusate, se fino a ieri tutti dicevano che l'inno nazionale faceva schifo? Lo detestavano. Volevano sostituirlo con qualsiasi cosa, dal *Nabucco* a Morricone, con Bossi che al suo posto avrebbe messo piuttosto: "È arrivato Ludovico il Moro, con le palle di velluto nero", e Calderoli la sigla di *Mazinga Z*, e adesso ci ruga che lo cantino in uno spot? Vediamo i lati positivi, almeno lo imparano anche i calciatori. Basta solo che non finiscano gridando: "Calzedonia sì!".

L'unica che negli spot non si scompone mai è Mina. Ecco, vorrei dire una roba brevissima sulla pubblicità della pasta che ha come speaker Mina, che prima parte con una roba poeticissima sulla famiglia, l'amore, i figli, le lasagne e compagnia cantante, robe tipo: "Gli amici sono i fratelli che ti scegli... ma la bici, fattela scegliere... da uno che ne sa... Gli amici, ti condiscono, la vita...", ti condissero anche la pasta, qualche volta, ... non sempre... burro e parmigiano..., "L'amicizia... ha un sapore speciale...", non sarà... che hai un amico... andato a male? E poi chiude dicendo: "Farfalle al sugo d'arrosto. Il piacere. Di stare. Insieme". Che tu ti chiedi: "Sei sicura che ti faccia piacere, Mina mia?". No, perché da come lo dici sembra che siano purgative 'ste farfalle. A meno che non siano farfalle vere, che allora capisco. Sembra che legga le istruzioni di un frullatore, che mandi un messaggio in alfabeto morse. Morto canarino. Rotta zampetta. Vendere gabbia. Togliere prima zampetta rotta. Mette punti continuamente. Ti sembra che abbia finito, invece no. Bavette. Alla. Bella. Maria. Origano. Timo. E un chilo di muso di maiale. Nutrienti. Ma ti sfondano. Il fegato. Tutto in sincope. Avete presente quando i bambini leggono alle elementari e la maestra dice: "Sì, ma dagli un po' di senso!"? Uguale. Mina è Mina, ci mancherebbe.

Però qui sembra un po' la mia amica Maria De Filippi quando fa le telepromozioni. Che non ha voglia e butta via le parole. "Guardatequestodivanochebellohalesuebellequattrozampesottoesopraèmolledovete-comprarloprestocheèinoffertafateinfrettachemilevostarotturadimaroni'stomartirio..." Ma falle fare a Mastrota le telepromozioni che lui ci crede, dà soddisfazione, e le pentole le fa brillare con gli occhi.

Le mille puttanate dei canali satellitari

Ho sentito su Sky che è probabile che non si avveri la profezia dei Maya. Niente meteorite che ci cade sulla Terra e ce la spana. Sollievo. Possibile che ci sia invece un'inversione dei poli. La Terra si ribalta. Quisquilie. Non vuol dire che cammineremo tutti gambe all'aria ma che ci aspettano anni di terremoti, uragani, inondazioni e mai più finito. Bene. Neanche più la tivù ci dà conforto. Soprattutto i canali satellitari. E dire che io li guardo tantissimo. Come c'è Capezzone sulle reti nazionali, oplà, che giro. Non ce la faccio, ma non per quello che dice, non lo sento, è a vederlo che mi spana la fibra ottica del nervo.

Se non volete vedere la solita tivù con Papi Pupo e Pippo, potete sempre apprezzare le mille puttanate dei canali satellitari. Sì, perché, diciamo la verità, non è che ci sia tutta questa meraviglia nel vedere uno che gioca a bocce per tutta la puntata, la bella vita che facevano i Sumeri, la talpa che sboccia a primavera e le mille piume di struzzo che potete vedere nella Pampa. Alla lunga ti scendono le pigne del cucù.

E quel programma che vi aiuta a trovare casa? Condotto da una che ha un ciuffo bianco sulla testa che sembra un incrocio tra Malgioglio e Crudelia De Mon? La suddetta architetta porta in giro due disgraziati marito e moglie a vedere case fichissime e loro ne devono scegliere una. Ma non case normali, appartamenti da quattrocento metri quadrati con terrazzi da duecento. Roba che Scajola si mangerebbe le mani. E loro le denigrano: "Sì, però questa trave di quaranta metri ricavata dal tronco di una sequoia è un po' cortina...". "Guardi. Questi pavimenti li ha montati personalmente Le Corbusier con la lingua... Ma se preferisce quelli montati con le orecchie chiediamo a Fuksas..." Non gliene va mai bene una, sono in due con un criceto, gli fanno vedere Villa Pertusio con un cannone del Settecento in giardino e loro la sfanculano perché è troppo piccola. Io lo guardo quando ho mangiato il bollito. Perché digrigno talmente tanto i denti che mi vanno via gli sfilacci di vitello rimasti fra i molari.

Il massimo dei massimi sono i programmi tipo *Gli animali più pericolosi*. In quel caso vi fanno vedere sei ore di serpenti e coccodrilli, con gli esploratori che gli vanno a rompere le scatole. Sì, perché la verità è quella lì. Che c'è una bestia tranquilla che fa la sua vita e un cretino che gli va a rompere i maroni per portare a casa la pagnotta. 'Sto serpente che se ne va sereno per la sua strada, non dà fastidio a nessuno, striscia sui suoi bei fili d'erba, e a un certo punto arriva l'esploratore col cappello di paglia e il gilè con le tasche, gli piomba da dietro di soppiatto e trac lo piglia per la coda. Il serpente che fa? Ovviamente prova a divincolarsi... mica è scemo. Sembra che dica: "Cacchio fai? Mi lasci, per cortesia", ma l'esploratore no. L'esploratore lo tira dicendo: "Guardate! Guardate come si rivolta contro, guardate che canini, mi vuole mordere, è pericolosissimo!". No! Sei tu che scassi le palle, amico! Voglio vedere se uno ti tira su di peso per gli amici di maria che faccia fai! Vediamo, se non ti rivolti. Sai cosa ti dico? Preferisco mille volte i veterinari dell'Amaro Montenegro.

Cerotti per la lingua

Novità per chi ha il problema dei chili di troppo. Per coloro che combattono da anni la guerra contro il ciccume, per quei poveroni che per chiudere i jeans devono mettersi in due, uno che tiene i lembi e un altro con le pinze che tira su la cerniera. Cari amici sovrappeso: sono finiti i tempi cupi. Si spalanca per voi un futuro radioso grazie all'invenzione di un chirurgo plastico californiano, tale Nikolas Chugay.

Cosa fa il dottor Nikolas? Un'operazione semplicissima. Voi andate nel suo studio e lui per soli tremila dollari vi applica un cerotto di polietilene al centro della lingua. Con soli cinque o sei punti di sutura vi cuce una placca di resina termoplastica isolante, che vi rende quasi impossibile masticare se non provando un male cane. E così Nikolas vi trasforma il pasto in un tunnel degli orrori per cui siete poi costretti a mangiare solo pappine. Controindicazione del cerottone cucito sulla lingua: vi viene la parlata di Maurizio Costanzo.

Capite? Per farvi smettere di mangiare vi mettono una grattugia sulla lingua. Il tappetino coi chiodi dei fachiri. Con un terzo del mondo che ha fame, in Occidente ti devono mettere una trappola per topi in bocca altrimenti non riesci a darti una regolata. Fate un po' voi. Nel pacchetto sono anche previste sedute dallo psicologo, che credo servano a dissuadervi dall'accoppare il dietologo.

Alternativa al mouse per lingua, alle lame rotanti, c'è la cucitura della bocca. Guardate che è tutto vero. In America per curare l'obesità si fa anche questo. Ci si fa cucire la bocca lasciando solo una scucitura laterale, un buchino nel quale infilare una cannuccia da cui suggere solo frullati e pappine. Vi rendete conto? Pensate, vedere gente in giro con la bocca a culo di gallina! "Ciau, non pusso prlare, sonu a dieta..." Che poi, voglio dire: se uno è votato a mangiar porcate, i sistemi per ingozzarsi lo stesso li trova. Si fa un bel frullato di fagioli e cotiche, un bello spumone di sugna e muso di cinghiale e se lo inietta col biberon, no?

Vi pare che per dimagrire uno deve farsi arpionare la lingua? No, perché se la strada è quella dell'impedimento fisico, perché non prevediamo per quelli che vogliono smettere di fumare una sigaretta che scoppia? Un dito di tabacco, il resto petardo. Così quando se l'accendono gli esplode in faccia come a Willy Coyote. E come anticoncezionale sicuro un tappo di sughero. Quello del Gancia spumante. Dovete fare solo attenzione ai colpi di tosse perché poi è un attimo che vi parta come nei brindisi e finisca nell'occhio della cassiera del super.

Al maschio di casa, invece, se non volete che cada in tentazione, potete regalare un tanga fatto di lamette da barba. Così appena prende qualche chilo in più e si gonfia, si affetta da solo come la mortadella.

Arnoldo Mondadori Editore S.p.A.

Questo volume è stato stampato
presso Mondadori Printing S.p.A.
Stabilimento Nuova Stampa Mondadori - Cles (TN)

Stampato in Italia - Printed in Italy